U0689310

穷且益坚，不坠青云之志。

——高大石.

苗大石 著

王勃的大唐盛宴

《滕王阁序》逐句精讲

人民邮电出版社

北京

图书在版编目（CIP）数据

王勃的大唐盛宴 ：《滕王阁序》逐句精讲 / 苗大石
著 . -- 北京 ： 人民邮电出版社， 2025. -- ISBN 978-7
-115-67020-5

Ⅰ . I207.225

中国国家版本馆 CIP 数据核字第 2025UB2318 号

内 容 提 要

王勃的《滕王阁序》被誉为"千古第一骈文"，对后世文学创作有着深
远的影响。

作者分三个层次对《滕王阁序》进行了精细解读。第一个层次是对字
面意思的解释；第二个层次是对历史背景的论述和对各种典故的考据；第
三个层次是对文中所涉及的古代文化常识和文言文知识的阐释。由此，读
者不仅可以立体化地理解《滕王阁序》的多层含义，而且可以举一反三，
掌握文言文阅读的一般方法和原则。王勃在文中所表达的人生观和哲学观，
也会给读者带来深刻的启发。

本书是传统文化爱好者学习文言文的鉴赏读物，也可以帮助中小学生
掌握文言文常识和阅读方法。

◆ 著 苗大石
　　责任编辑 谢 明
　　责任印制 彭志环

◆ 人民邮电出版社出版发行　　　北京市丰台区成寿寺路 11 号
邮编 100164　 电子邮件 315@ptpress.com.cn
网址 https://www.ptpress.com.cn
天津裕同印刷有限公司印刷

◆ 开本：880×1230　1/32
印张：10.125　　　　　　　　　　　2025 年 7 月第 1 版
字数：150 千字　　　　　　　　　2025 年 10 月天津第 4 次印刷

定 价：69.80 元
读者服务热线： （010） 81055656　印装质量热线： （010） 81055316
反盗版热线： （010） 81055315

王子安

清 _ 上官周 _ 王子安 _ 晚笑堂画传·乾隆八年刻本

元 _ 佚名 _ 滕王阁图

　　我从来都没有想过，这个世界上竟然有人可以把《滕王阁序》一句一句地解读，写成这么轻松易懂的文章，翻译成白话文给青少年或者喜欢中国古典文学的人阅读。

　　《滕王阁序》在我们有些人的学生时代可能是一场"噩梦"，因为大家不太理解这篇文章的意思，只会死记硬背。其实，我当年上学的时候也是这样。但是当我自己到了30多岁的时候重读《滕王阁序》，我才发现这篇古文中的意境之美，真的不愧为中国文学史上的第一骈文。

　　《王勃的大唐盛宴：〈滕王阁序〉逐句精讲》的作者苗老师，是我过去的同事，他很喜爱古典文学。这一次他邀请我为他的新书写推荐序，寄给我的样书非常精美，拿到手中之后，我便一篇篇地看下来，看得热血沸腾。

因为我自己是一个中国古典诗歌的忠实爱好者和推广者，我特别喜欢《滕王阁序》，到今天都可以一字不差地把它背下来。

不过，看了苗老师的这本书之后，我依然觉得自己学到了很多东西。因为这本书对《滕王阁序》里的每一句话都做了深度解读。

比如，对全文第一句"豫章故郡，洪都新府"，这本书就写出了豫章到底在哪里，为什么叫故郡；洪都到底在哪里，为什么叫新府。对于接下来的"星分翼轸"，苗老师也是从中国的二十八星宿开始谈起，延展开来，通俗易懂地讲解了我国古人的世界观和科学观。

如果你是一个古文"小白"，那么你在拿到这本书之后，阅读起来就会觉得像看一场大戏一样精彩纷呈。如果你在中国古典文学方面已经有了一些积累，属于进阶型读者，那么你在看这本书的时候，就会像我一样畅快淋漓地去通读全书，深入了解文章背后的所有知识。

王勃是初唐四杰之首，整个二十六七年的人生经历可以说是跌宕起伏。他6岁时就已是远近闻名的小神童，9岁时就可以批改历史书，能指出前人所著历史书中的问题。你想一想，一个不到10岁的小孩子，居然能干这么大的事儿。

王勃17岁时就在科举考试中高中，之后在皇子府中担任重要职务。

但是后来，王勃又因为一篇文章而被贬，还因牵涉一桩命案而进过监狱。被大赦之后，他游历四方。在去交趾（今天越南的北方）探望父亲时，他不幸溺水而亡。这些大起大落的经历构成了王勃整个的一生。

在短暂的一生中，王勃的文学作品虽然不算少，但被大众所熟知的，除了名句"海内存知己，天涯若比邻"之外，最知名的就是这篇《滕王阁序》了，它其实是王勃给《滕王阁诗》写的一篇序言。《滕王阁诗》早已无人问津，但这篇序言却"火"了1000多年。这篇序写得真是太好了，从宇宙观、世界观写到人生观、价值观；从朋友、宾客写到自己；从滕王阁的美景写到历代文人的内心世界、世间百态，这些被他用寥寥数百字，描写得清清楚楚。

在过去，我们在读《滕王阁序》的时候，遇到不懂或感兴趣的地方，可能只会找一些资料，然后把它记下来，这样就可能觉得自己已经很牛了；甚至在去参观滕王阁的时候，我们可以现场背出全文，这样就可以免去购买门票了。

但当我们现在读到这本书，跟着作者轻松幽默的逐句精讲去深入思考时，我们会发现原来这才是古文高手的样子。

总之，这本《王勃的大唐盛宴:〈滕王阁序〉逐句精讲》，我觉得从小学三年级的学生到成年人都值得拿起来品读，从这篇千古第一骈文中感悟传统文化和古典文学的魅力。

王芳　主持人

秋水长天：王勃的传奇人生

　　在唐朝文人星空中，王勃是一颗耀眼的星辰。王勃生于永徽元年（650年），卒于仪凤元年（676年），仅有二十七年的人生，却在文学史上留下了不灭的印记。

　　你听说过王勃吗？这个名字或许对你并不陌生。

　　他是六岁就能写文章的神童，是十七岁就金榜题名的少年俊杰，是一朝失势却能笑对人生的豪杰，更是在人生最后的旅途中一挥而就，写成《滕王阁序》的传奇才子。

　　王勃字子安，出身绛州龙门河汾王氏家族。这是个儒学传家的书香门第。他的祖父王通是隋末著名学者，被门人尊称为"文中子"。叔祖父王绩是一位隐士诗人，号"东皋子"。文学的种子，在王勃幼年时就已经被埋下。一个六岁的孩子，能写出流畅优美的文章，这是何

等惊人的天赋！《旧唐书》记载王勃"六岁解属文，构思无滞，词情英迈"。九岁时，他读了颜师古的《汉书集注》，还写了《指瑕》十卷评议其中疑误。王勃不是一般的早慧，而是罕见的天才。他和兄长王勮、王勔都很有才华。王勃父亲的朋友杜易简称他们为"王氏三珠树"。多么美的比喻啊！三兄弟如三棵挂满珍珠的宝树，闪闪发光。

十岁时，王勃拜长安名医曹元为师，学习医术。《新唐书》记载他曾说"人子不可不知医"。这个少年不只会写诗文，还懂医学、易学。王勃的知识有多广博？听说他曾做过一个梦，梦中有人告诉他："《易》有太极，子勉思之。"他醒来后立刻写出《易发挥》数篇。可见

唐 _ 佚名 _ 王勃集第二十九卷残卷

这背后需要多么深厚的学问积累！

十七岁时，青春年少的王勃参加幽素科考试，考中高第。幽素科是什么？它是皇帝特别下诏开设的一种科举，选拔"志行高洁、文词雅丽"的特殊人才。及第后，他常向朝廷献颂文。《宸游东岳颂》《乾元殿颂》等作品引起了皇室的注意。沛王李贤——唐高宗与武则天的次子，很欣赏王勃的才华，请他入府担任修撰，编撰《平台秘略》。

你能想象一个不到二十岁的青年，在皇子府中担任重要职务的那份骄傲吗？然而，那份骄傲没能持续多久。一次，诸王举行斗鸡比赛。王勃为沛王写了一篇有趣的文章——《檄英王鸡文》。谁知唐高宗看到后勃然大怒，认为这是挑起皇子间矛盾的开始，当天就将王勃赶出了沛王府。

一篇游戏之作，竟成了他人生的转折点！多么讽刺！

被逐出王府后，王勃没有消沉。他选择了离开长安，南下蜀地。在那里，他登上葛仙山远眺，想起了诸葛亮的丰功伟绩，写下了许多感人的诗篇。

这段蜀地之行，成了他文学创作的重要时期。远离政治中心，他有了更多时间来思考、感受、创作。两年多的时间，让他走出了宫廷受挫的阴影，找回了自己。

后来，王勃听说虢州多药草，便求职参军。但他恃才傲物，引起了同僚的嫉妒。一次，一个犯罪的官奴曹达躲在他那里。王勃担心事情暴露，就杀了曹达。事发后，他本应被处死，幸好赶上大赦，才免于一死。

但这件事连累了他的父亲。王勃父亲王福畤原本在雍州当司户参军，因儿子的事被贬到了交趾（今越南北部）当县令。在唐朝，相对于长安，那是一个多么偏远的地方啊！

仪凤元年（676年），二十七岁的王勃决定前往交趾探望父亲。可他没想到，自己踏上的竟然是人生最后的旅程。

在这趟命运之旅中，王勃途经江西南昌，参加了一次对他影响深远的文人雅集。《新唐书》记载："初，道出钟陵，九月九日都督大宴滕王阁，宿命其婿作序以夸客，因出纸笔遍请客，莫敢当，至勃，沉然不辞。都督怒，起更衣，遣吏伺其文辄报。一再报，语益奇，乃矍然曰：'天才也！'请遂成文，极欢罢。"这段记载讲述了一个精彩的故事：王勃途经钟陵（南昌），恰逢九月九日重阳节，当地都督在滕王阁举办大型宴会。都督原本安排自己的女婿写一篇序文来夸耀宾客，便拿出纸笔向客人们邀稿，但众人都不敢应承。轮到王勃时，他爽快地答应了。都督见状很是恼火，起身离席，还派官吏监视王勃写作，随时汇报。官吏一次次报告，说王勃的文章越来越精彩。都督听后大为惊讶，说道："这真是天才啊！"于是请王勃完成文章，宴会在一片欢声中结束。

《唐才子传》对王勃创作《滕王阁序》的描述更为生动："勃欣然对客操觚，顷刻而就，文不加点，满座大惊。酒酣辞别，帅赠百缣，即举帆去。"意思是王勃

序 秋水长天·王勃的传奇人生

欣然地在众人面前执笔，片刻之间就完成了文章，文章一气呵成，不需要任何修改，满座宾客都大为惊叹。酒宴结束后，都督赠送了王勃一百匹绢帛，王勃随即扬帆离去。这就是王勃的即兴之作——《滕王阁序》。谁能想到，它会成为中国古代骈文的巅峰之作！

王勃与杨炯、卢照邻、骆宾王并称"初唐四杰"。王勃的诗歌简洁自然，不似当时宫廷诗歌那般雕琢。五律《送杜少府之任蜀州》中"海内存知己，天涯若比邻"的名句，至今仍温暖着无数游子的心。

王勃的辞赋早期华丽繁复，入蜀后变得清新脱俗。《驯鸢赋》《江曲孤凫赋》等作品，都透露出他对命运的思考。

而《滕王阁序》，则是他文学成就的顶峰。"落霞与孤鹜齐飞，秋水共长天一色"等名句，展现了他卓越的艺术感染力。"老当益壮，宁移白首之心？穷且益坚，不坠青云之志"，更透露出他不屈的人生态度。

然而，王勃也有他的局限。裴行俭评价他"华而不实"。杜甫在诗中写道："王杨卢骆当时体，轻薄为文哂未休"，批评初唐四杰的文风轻浮肤浅。

谈起王勃的写作方式，《新唐书》还记载了一个有趣的细节："勃属文，初不精思，先磨墨数升，则酣饮，引被覆面卧，及寤，援笔成篇，不易一字，时人谓勃为'腹稿'。"意思是王勃平常作文时，一开始并不认真思考，先磨大量的墨，然后痛饮美酒，用被子蒙住脸躺下，等醒来后提笔便能写成完整的文章，不需要改动一个字，当时人称他的这种写作方式为"腹稿"，意思是文章早已在腹中成稿。这种神奇的写作方式，反映了王勃超凡的才思和过人的记忆力，也成为后世文人津津乐道的佳话。

可惜的是，就在写下《滕王阁序》不久，王勃在继续南下的航行中遭遇风浪，不幸落水而亡。他才二十七岁啊！一个才华横溢的生命，就这样匆匆结束了。

《唐才子传》记载，王勃曾遇到一位相面的人，说他"神强骨弱，气清体羸""秀而不实，终无大贵"。这预言似乎应验了——他才华出众却短命。

纵观王勃的一生，才华与命运形成了鲜明对比。他的生命虽短，文学成就却永存。一个二十七岁的年轻人，能在中国文学史上留下如此深刻的印记，这本身不就是一个传奇吗？

滕王阁序

　　豫章故郡，洪都新府。星分翼轸，地接衡庐。襟三江而带五湖，控蛮荆而引瓯越。物华天宝，龙光射牛斗之墟；人杰地灵，徐孺下陈蕃之榻。雄州雾列，俊采星驰。台隍枕夷夏之交，宾主尽东南之美。都督阎公之雅望，棨戟遥临；宇文新州之懿范，襜帷暂驻。十旬休假，胜友如云；千里逢迎，高朋满座。腾蛟起凤，孟学士之词宗；紫电青霜❷，王将军之武库。家君作宰，路出名区；童子何知，

---

❶　"豫章故郡"一作"南昌故郡"。
❷　"青霜"一作"清霜"。

躬逢胜饯。

时维九月，序属三秋。潦水尽而寒潭清，烟光凝而暮山紫。俨骖騑于上路，访风景于崇阿。临帝子之长洲，得天人❶之旧馆。层峦❷耸翠，上出重霄；飞阁流丹❸，下临无地。鹤汀凫渚，穷岛屿之萦回；桂殿兰宫，即冈❹峦之体势。

---

❶ "天人"一作"仙人"。

❷ "层峦"一作"层台"。

❸ "飞阁流丹"一作"飞阁翔丹"。

❹ "即冈"一作"列冈"。

南宋＿赵伯驹＿滕王阁宴会图（局部）

披绣闼，俯雕甍，山原旷其盈视，川泽纡其骇瞩。闾阎扑地，钟鸣鼎食之家；舸舰弥津❶，青雀黄龙之舳。云销雨霁，彩彻区明❷。落霞与孤鹜齐飞，秋水共长天一色。渔舟唱晚，响穷彭蠡之滨；雁阵惊寒，声断衡阳之浦。

遥襟甫畅❸，逸兴遄飞。爽籁发而清风生，纤歌凝而白云遏。睢园绿竹，气凌彭泽之樽；邺水朱华，光照临川之笔。四美具，二难并。穷睇眄于中天，极娱游于暇日。天高地迥，觉宇宙之无穷；兴尽悲来，识盈虚之有数。望长安于日下，目吴会于云间。地势极而南溟深，天柱高而北辰远。关山难

---

❶ "弥津"一作"迷津"。

❷ "云销雨霁，彩彻区明"一作"虹销雨霁，彩彻云衢"。

❸ "遥襟甫畅"一作"遥吟俯畅"。

越，谁悲失路之人；萍水相逢，尽是他乡之客。怀帝阍而不见，奉宣室以何年？

嗟乎！时运不齐，命途多舛。冯唐易老，李广难封。屈贾谊于长沙，非无圣主；窜梁鸿于海曲，岂乏明时？所赖君子见机❶，达人知命。老当益壮，宁移白首之心？穷且益坚，不坠青云之志。酌贪泉而觉爽，处涸辙以犹欢❷。北海虽赊，扶摇可接；东隅已逝，桑榆非晚。孟尝高洁，空余报国之情；阮籍猖狂，岂效穷途之哭！

---

❶ "见机"一作"安贫"。

❷ "以犹欢"一作"而相欢"。

勃，三尺微命，一介书生。无路请缨，等终军之弱冠；有怀投笔，慕宗悫之长风。舍簪笏于百龄，奉晨昏于万里。非谢家之宝树，接孟氏之芳邻。他日趋庭，叨陪鲤对；今兹捧袂，喜托龙门。杨意不逢，抚凌云而自惜；钟期既遇，奏流水以何惭？

呜呼！胜地不常，盛筵难再；兰亭已矣，梓泽丘墟。临别赠言，幸承恩于伟饯；登高作赋，是所望于群公。敢竭鄙怀，恭疏短引；一言均赋，四韵俱成。请洒潘江，各倾陆海云尔。

滕王高阁临江渚，佩玉鸣鸾罢歌舞。

画栋朝飞南浦云，珠帘暮卷西山雨。

闲云潭影日悠悠，物换星移几度秋。

阁中帝子今何在？槛外长江空自流。

目 录

第一章

物华天宝，人杰地灵

滕王阁盛宴

第二章

落霞孤鹜，秋水长天
滕王阁三秋美景

第三章

老当益壮，穷且益坚
王勃的自我觉醒

有怀投笔，无路请缨

王勃的英雄主义

第五章

胜地不常，盛筵难再

滕王阁诗临别赠言

滕王阁盛宴

物华天宝·人杰地灵

滕王阁与星宿的神秘联系

豫章故郡，洪都新府。
星分翼轸，地接衡庐。
襟三江而带五湖，
控蛮荆而引瓯越。

开门见山，揭示主题

　　豫章昔日郡治，洪都新府所在，即昔日汉代南昌郡城之地域，今日洪州都督府之所在地。此句明确指出滕王阁饯别宴会之举行场所，位于现今江西省南昌市境内。

　　该地历史之悠久，可追溯至秦汉时期，当时中国开始实行郡县制度，此处隶属于豫章郡，且郡治设立于南昌。因此，王勃在《滕王阁序》中称为"豫章故郡"，其中"故"字，乃"过去""昔日"之意。及至唐朝，废除郡制而设立州制，该地遂成为洪州之属地，故有"洪都新府"之称谓。

　　此句在序文开篇之际，便明确揭示了全文主题。须知，《滕王阁序》全称为《秋日登洪府滕王阁饯别序》，"洪府"二字明确指出本文所叙述之地。此种开篇即点明主题的写作手法，被称为"开门见山"，是一种直接切入主题的常见技巧。王勃在明确点出主题的同时，亦不忘提及该地历史沿革变迁，为后续从历史以外的多角度描绘奠定了基础。

滕王阁的地理位置与星宿的对应关系

第二句"星分翼轸，地接衡庐"巧妙地融合了天文学与地理学的概念，为读者揭示了滕王阁的独特地理位置及其与宇宙秩序的神秘联系。

"地接衡庐"这一表述直观地指出了滕王阁的地理位置，即坐落于湖南的衡山与江西的庐山之间，这两座山脉以其雄伟壮丽的自然景观，为滕王阁提供了一幅天然的背景画卷。这一地理特征使得滕王阁不仅在地面上占据了优越的位置，同时也在文化与自然景观上拥有了独特的地位。

相较之下，"星分翼轸"则涉及更为深奥的古代天文学知识。在古代中国，人们将天空划分为二十八宿，每个方位有七宿，共计四象，即"左青龙、右白虎、前朱雀、后玄武"。南方的七宿中，翼宿和轸宿共同界定了一个地面上的行政区域。在秦朝统一六国之前，这个区域对应的是楚国；而在秦朝统一之后，这个区域则成为荆州。尽管名称随着时代的变迁而发生了变化，但其地理位置始终保持一致。

在这种文化背景下，"星分翼轸"意味着滕王阁所在的洪州地区，在天文学上与翼宿和轸宿相对应。这种对应关系被称为"分星"和"分野"，即天空中的星宿

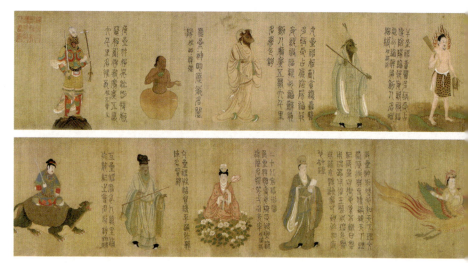

唐 _ 梁令瓒 _ 星宿图（宋摹本）

分野与地面上的行政区域相对应。因此，滕王阁不仅在地理上占据了重要位置，而且在天文上也与特定的星宿有着密切的联系。

　　通过这样的描述，王勃不仅赋予了滕王阁以丰富的文化内涵，还展示了其在宇宙中的微妙位置。这种将天文与地理相结合的叙述手法，不仅体现了王勃深厚的文化底蕴，也展现了其卓越的文学才华，使得滕王阁成了一个连接天地、蕴含深厚文化意义的历史地标。

滕王阁所在地与威武的将军形象

　　第三句，"襟三江而带五湖，控蛮荆而引瓯越"运用了拟人的修辞手法，赋予了滕王阁所在的洪州地区以生动的形象和宏大的气魄。这里的洪州被描绘成一位雄壮的将军，屹立于长江下游之地，以三江为衣襟，五湖为腰带，展现出一种威严与力量。

　　"襟三江"中的"襟"字，本是上衣前部的称呼，此处借用为动词，形象地将洪州描述为一位将领，以长江下游的众多支流作为自己的衣襟，象征着宽广的胸怀和强大的影响力。而"三江"虽无具体的指代，但其虚指的意义在于强调长江下游支流的众多与洪州地区的地理重要性。

　　"带五湖"亦如此，作者将五湖比作洪州的腰带，不仅凸显了五湖环绕该地区的地理特征，也象征着洪州地区的繁荣与富饶。这里的"带"字，同样由名词转为动词，意味着洪州如同系着五湖这条腰带，彰显着其地理上的中心地位。

　　这一句，王勃把三江五湖比作洪州的衣襟和腰带，将洪州比作一个人，因为只有人才能穿衣系带。这是一个什么人呢？下一句"控蛮荆而引瓯越"给了我们答案。

经查阅古汉语字典，我们发现"控"与"引"在此处具有相同的含义，均指拉弓的动作。鉴于前文已将洪州拟人化为一位英勇的人物，那么这位人物拉弓的动作，显然象征着以武力威慑蛮荆与瓯越两地。结合本文尚未露面的滕王阁饯别大会的主办人——洪州大都督阎公，面对这样一位武官及地方军事长官，王勃采用此种表述方式，便不难理解了。

至于"蛮荆"与"瓯越"所指的具体地域，狭义上分别对应今日之湖北及浙江一带；广义上，蛮荆可扩展至包含湖北、贵州、四川、重庆等地，而瓯越也可涵盖浙江、福建、广东、广西等地。"蛮"在古代是对南方少数民族的泛称，并无贬义，但随着时间的推移，"南蛮"一词已带有轻微的贬义。古代对于四方少数民族的称谓如下：东方为"夷"，西方为"戎"，南方为"蛮"，北方为"狄"，可记为"东夷、西戎、南蛮、北狄"。这些称谓并非指某一特定民族，而是指代边远地区的少数民族部落。如《尔雅·释地》所述:"九夷、八狄、七戎、六蛮,谓之四海"。

"荆"指的是荆州,即现今湖北省一带,古时为楚国之地。楚地民风强悍,中原人士以"楚"称之,意指其"辛烈"。秦统一六国后,为避秦庄襄王之名讳"子楚",改称楚为荆,取其带刺植物的象征意义。

至于"瓯越","瓯"原指一古国,后越王封于此地,故称瓯越。古代越族分布广泛,东南沿海地区有"百越"之称。今日之"越"主要指浙江地区。

"瓯"今日特指浙江南部与福建北部地区,包括温州市之瓯海区、福建北部之建瓯市。

《滕王阁序》中的写作技巧: 高超的"当句对"

在探讨《滕王阁序》中的写作技巧时,我们可以明显感受到对仗手法在文中的广泛应用,对仗几乎贯穿于每一句之中。从历史变迁的角度来看,"豫章"与"洪都"相对，"故郡"与"新府"相映；从天文地理的角度分析，"星分"与"地接"成对，"翼轸"与"衡庐"相映；从军事重要性的维度考量，"三江五湖"与"蛮荆瓯越"对峙。特别值得关注的是，"襟三江而带五湖"和"控蛮荆而引瓯越"不仅在上下文之间形成了对仗，而且句内"襟三江"与"带五湖"、"控蛮荆"与"引瓯越"也各自构成了精巧的对仗，此种句内对仗被称为"当句对"，展现了作者高超的文学技巧。当句对的技巧可追溯至《楚辞》，在杜甫与李商隐的诗歌中得到进一步的发展与完善，尤其是李商隐，他在诗作中频繁运用当句对，并为其命名。由此可见，王勃的文学造诣确实令人瞩目。

《滕王阁序》有多种版本

然而，《滕王阁序》作为一篇历史悠久、篇幅庞大的文学作品，在记录与传播的过程中不可避免地出现了多种版本，引发了诸多讨论。鉴于当时的传播主要依靠手抄，因而产生了众多不同的抄本。面对这些版本差异，我们应持一种开放包容的态度。例如，在序文的第一句"豫章故郡"中，我们在历代的字帖中常看到"南昌故郡"的写法，这是因为在作品流传的过程中，为了避讳唐代宗李豫的名讳，遂将"豫章"改为"南昌"。这种因避讳而产生的文本变化，是历史文献流传中常见的现象，也是我们研究和欣赏古代文学作品时不可忽视的环节。

古文蒙学阁

文言现象：名词动用

"襟三江而带五湖"的"襟"和"带"都属于典型

的名词动用，意思是"以三江为衣襟，以五湖为衣带"。名词动用是古汉语的常见语法现象，常见的有四种名词动用的方式（篇幅所限，此处只讲其中一种），"襟三江而带五湖"这种叫作名词的意动用法。具体含义是指名词不但活用为动词，而且含有意谓性的意义，也就是说活用为动词的名词虽然带有宾语，但并不支配宾语，而是含有这样的意义，即认为宾语是该名词所表示的人或者事物。"襟三江"的"襟"虽然变成动词了，但它其实不能支配"三江"行动，它们包含的内容是同样的：三江就是洪州的襟，洪州的襟就是三江。

我举个简单的例子。

例1

"生乎吾前，其闻道也固先乎吾，吾从而师之。"（出自唐代韩愈所著《师说》）名词"师"作谓语，"之"作宾语，主语"吾"把"之"当作老师来看待。所以"师"应理解为"把……当作老师"的意思。

例2

"邑人奇之，稍稍宾客其父。"（出自北宋王安石所著《伤仲永》）名词"宾客"作谓语，"其父"作宾语，主语"邑人"把"其父"作为宾客来看待。所以"宾客"应理解为"把……当作宾客"。

怎么样？名词动用的手法是不是非常神奇呢？

文化链接：神秘的二十八星宿

中国古人以务农为生，所以气候时令对农民从事生产劳动很重要，而人们当时通过观测天象了解和记载时令，所以中国古代天文学非常发达。当时人们常用的天文概念有七政、二十八宿、四象、三垣、十二次、分野等。在此，我将简单说一下"二十八宿"的概念。

　　二十八星宿是中国古代天文学中的一个重要概念，它将天空中的星星按照一定的规律和区域划分成二十八个部分，每个部分就是一个星宿。这些星宿不仅用于天文观测，还与历法、占卜和农业活动等有着密切的关系。

　　二十八星宿的概念源于古人对天文现象的长期观测与研究。为了更好地追踪日、月、五星（五大行星：水星、金星、火星、木星、土星）的运行轨迹，古代天文学家将黄道面附近的星象划分为二十八个星区，这些星区被称为星宿。黄道面是太阳在天空中运行的轨迹，因此，这些星宿主要分布在黄道带附近，便于人类观测太阳及其他天体的运动。

　　为了更加系统地组织这些星宿，古代的天文学家将二十八星宿按照方位划分为东、南、西、北四个宫位，每个宫位包含七个星宿。这四个宫位分别以四种神兽命名，即东方青龙、南方朱雀、西方白虎、北方玄武，它们被视为守护四方的神灵。

　　想象一下，天空就像一个巨大的时钟表盘，而二十八星宿就是这个表盘上的刻度。古人通过观察这些星宿的位置变化，来判断季节的更替和时间的流逝。比如，当某个星宿在特定的时间出现在天空的某个位置时，人们就知道现在是某种时节（如播种或收获的时节）。

每个星宿都有自己的名字和象征意义，它们通常与神话故事或动物有关。比如"角宿"代表龙角，象征着力量和坚韧；"心宿"则代表心脏，象征着生命和活力。

在古代，二十八星宿的概念不仅是天文学的工具，也是文化和宗教的一部分。人们通过星宿来预测吉凶祸福，指导日常生活。虽然现代科学技术已经发展到可以直接测量和计算天体位置的阶段，但二十八星宿的概念作为中国传统文化的一部分，依然被许多人重视和研究。

滕王阁所在地的特殊含义

物华天宝，

龙光射牛斗之墟；

滕王阁所在地不同凡响

随着对《滕王阁序》的深入解读，我们将逐步揭开文字背后的丰富内涵。王勃在序文中写道："物华天宝，龙光射牛斗之墟；人杰地灵，徐孺下陈蕃之榻。"其中，"物华天宝"与"人杰地灵"两词，均为对洪州地区，即滕王阁所在地的赞美之辞。王勃以此表达了该地区物产丰饶、人才辈出的景象。

"物华天宝"一词，意指自然界中最为精华的物产，如同天地间的瑰宝，被赋予了人类。而"龙光"则特指传说中的龙泉宝剑所散发的璀璨光芒，其耀眼之程度仿佛能直冲云霄，照射至天上的星宿之间。此处所指的"牛斗之墟"，即指"牛宿"与"斗宿"这两个星宿所在的天区。在春秋战国时期，根据分野理论，"牛宿"与"斗宿"对应的地面区域即为越州。

"牛斗"星宿背后的历史典故

下面，我们将详细探讨关于"物华天宝，龙光射牛斗之墟"的表述，其背后蕴含着一段历史典故。据《晋书·张华传》记载，张华曾观察到"牛斗"二宿之间常有紫气缭绕，遂寻访一位通晓天象的高人。

这段典故原文是这样的。

初，吴之未灭也，斗牛之间常有紫气，道术者皆以吴方强盛，未可图也，惟华以为不然。及吴平之后，紫气愈明。华闻豫章人雷焕妙达纬象，乃要焕宿，屏人曰："可共寻天文，知将来吉凶。"因登楼仰观。焕曰："仆察之久矣，惟斗牛之间颇有异气。"华曰："是何祥也？"焕曰："宝剑之精，上彻于天耳。"华曰："君言得之。吾少时有相者言，吾年出六十，位登三事，当得宝剑佩之。斯言岂效与！"因问曰："在何郡？"焕曰："在豫章丰城。"华曰："欲屈君为宰，密共寻之，可乎？"焕许之。华大喜，即补焕为丰城令。焕到县，掘狱屋基，入地四丈余，得一石

函，光气非常，中有双剑，并刻题，一曰龙泉，一曰太阿。其夕，斗牛间气不复见焉。

这段话讲述了这样一个故事。

当初，吴国还没有灭亡的时候，牛、斗二星宿之间常有紫气，占卜预测的人都认为吴国正强大，不可图谋举兵去攻打吴军，只有张华不这么认为。吴灭亡之后，紫气却更加明显了。张华听说豫章有一个叫雷焕的人对星象学有着透彻的理解和把握。

"乃要焕宿"，是指于是张华就邀请这个叫作雷焕的人一起住下。这里的"要"不是要求，是邀请的意思。"屏人曰"的意思是把周围的人都摒除在外。

这里要提到两个古今字。第一个字是"要"，我们今天写成"邀请"的"邀"；第二个字是"屏"，今天我们写成"摒"。把人"摒除在外"，即张华让他们离开，悄悄地对雷焕说"可共寻天文，知将来吉凶"，在这样的私密环境中，张华与雷焕讨论了天文现象，并试图从中预测未来的吉凶。

张华与雷焕之间的私密对话

"因登楼仰观",是说于是他们就一起爬上了楼,往天上看。"焕曰",即雷焕说道,"仆察之久矣",这句话说明雷焕的语气特别客气,因为"仆"是一种谦称。他说:"我已经发现这事儿很久了。"什么事呢?"惟斗牛之间颇有异气",是说这天上一切都很正常,只有这"牛宿"和"斗宿",它们两个之间有一种不同寻常的气象。

"华曰:'是何祥也'?"说的是张华在听到雷焕提及"斗牛之间颇有异气"后,内心产生了共鸣。张华虽然未曾明言自己所观察到的天象变化,但雷焕的话显然与他的发现不谋而合。于是,张华向雷焕提出了问题,询问这种异气究竟是什么征兆。这里的"华曰"即指张华开口询问,他问的是:"这是什么'祥'呢?"

在古代汉语中,"祥"字通常与占卜和预测吉凶有关,指代一种征兆或预兆。它本身并不直接代表吉或凶,可以有吉祥,也可以有凶祥。在现代汉语中,我们常用"吉祥"一词来表达对他人的美好祝愿,意指希望对方能够有好运,得到吉祥的预兆。

"焕曰"，即雷焕说道，"宝剑之精，上彻于天耳"，雷焕说这种异气实际上是宝剑的精华和灵气升腾至天空的现象。在当时的观念中，宝剑被视为具有灵性的物品，它不仅是普通的兵器，还是蕴含着天地造化之力的神圣之物。因此，宝剑被认为拥有灵魂，它的精灵能够飞升到天空，而"彻"字在这里表示宝剑的灵气从地面直冲云霄，实现了一种贯穿天地的通达。

"华曰：'君言得之'"，张华说："您说得非常有道理！"张华对雷焕的解释表示赞同，并提到自己年轻时曾有相士为他算命，预言他在六十岁时将会"位登三事"，即达到三司的高位。在当时，张华已经担任了司空的职位，这表明相士的预言已经部分应验。但是，第二句"当得宝剑佩之"，意味着他还将获得一把宝剑并佩戴在身。

张华心想："'斯言岂效与！'这话岂不是应验了吗？看来我不仅已经当上了这'三司'，而且我要根据您的话找到这把宝剑佩戴在我的身上了。"

在这段对话中，张华确认了算命先生之前的预言已经部分实现，于是他进一步询问雷焕："在何郡？"意在探问宝剑的确切位置。雷焕明确回答说："在豫章丰城"，指出宝剑就位于豫章郡的丰城。张华随后提出了一个请求，他说："欲屈君为宰，密共寻之，可乎？"张华邀请雷焕担任当地的官员，以便他们可以共同秘密地寻找这把宝剑。在古汉语中，"宰"是指地方官吏，即县令的职位。雷焕对此表示同意，"焕许之"意味着雷焕表示愿意接受这一职位。

张华对此结果感到非常高兴，于是迅速行动，"即补焕为丰城令"，是指张华正式任命雷焕为丰城县令。在古代官制中，"补"是指在官员任期中途进行的职位调整或替换。通过这一系列的对话和行动，张华不仅实现了对算命先生预言的进一步验证，也为自己寻找宝剑的计划找到了合适的人选和途径。

"掘狱屋基"是说，他挖掘了当地监狱的房屋地基。挖掘工作非常深入，达到了"入地四丈余"，在这样深的地方，他发现了一个石制的盒子。这个石盒子尚未打开，就已有异常的光芒散发出来，显得非常神秘。他打开石盒后，发现里面装有两把剑，而且石盒上刻有文字，分别标明了这两把剑的名字，即"一曰龙泉，一曰太阿"。这两把剑正是传说中的宝剑——"龙泉"和"太阿"。

这段记载中还提到了一个现象，即在雷焕发现这两把剑的当晚，先前在天空中"斗牛"二宿之间观测到的异常气象突然消失了。文中表述为"其夕，斗牛间气不复见焉"，说的是到了那个晚上，"斗牛"之间的那种特殊气象再也没有出现。这里的"复"意味着再次，"见"指的是出现或呈现，"焉"指的是那个地方。这就是"龙光射牛斗之墟"这个典故的意思。

古文蒙学阁

文言现象：夸张

在王勃的文学作品中，"龙光射牛斗之墟"这一表

述运用了夸张的修辞技巧，以极具想象力的方式描绘了宝剑的光辉。王勃通过夸张的手法，将宝剑的光芒比喻为能够穿透夜空，直达牛郎织女星和北斗七星所在的星宿，这种描述手法不仅增强了文本的表现力，同时也赋予了宝剑以超凡脱俗的神秘色彩，使得整个场景显得生动而富有想象力。

文化链接：如果阿房宫有朋友圈

同样，杜牧在其作品《阿房宫赋》中也运用了夸张的修辞手法，通过一系列生动的比喻和形象的描绘，展现了阿房宫的奢华与辉煌。在文中，"明星荧荧，开妆镜也；绿云扰扰，梳晓鬟也；渭流涨腻，弃脂水也；烟斜雾横，焚椒兰也……"这些句子通过夸张的手法，将宫女们的日常生活描绘得如同自然现象一般宏伟壮观。宫女们打开梳妆镜被想象为天空中闪烁的繁星，她们梳理头发的动作被描绘成乌云的涌动，洗胭脂的废水使得渭河泛起油脂，而焚烧香料所产生的烟雾则让宫室之间

变得朦胧迷离。

想象一下，如果阿房宫有社交媒体，那它的朋友圈肯定火爆得不得了。杜牧就像是那个时代的网红摄影师，他用他的文学镜头把阿房宫的奢华生活拍成了一部视觉盛宴。他不仅把宫女们的镜子比作满天繁星，还把她们梳头的样子制作成乌云翻滚的大片，甚至连渭河都被她们的脂粉水给"加油"了。夸张的写作手法就像是背景音乐，让整个场景动感十足，节奏感"爆棚"，让人读起来就像是在看一场古代版的时尚秀。

王勃和杜牧这两位文学巨匠，就像是古代的特效大师，他们的夸张和比喻就像是给文字加上了特效，让读者仿佛穿越回了那个金碧辉煌的时代。这些文字不仅让建筑物的名声流传千古，也让王勃和杜牧的作品成为中国古典文学中的经典，至今仍让人津津乐道。

人才辈出，
陈蕃求贤若渴

人杰地灵，

徐孺下陈蕃之榻。

《世说新语》中，陈蕃求贤若渴

"人杰地灵，徐孺下陈蕃之榻"是说当地的人才都非常杰出，就像这大地赋予他们的灵气一样"人杰地灵"。徐孺，就是徐孺子。这个人叫徐稚，字孺子，在骈文里为了上下对应，所以把徐孺子简称为徐孺。

关于"徐孺"和"陈蕃"的故事，《世说新语》的第一篇文章就讲了陈蕃和徐孺的关系。

陈仲举言为士则，行为世范，登车揽辔，有澄清天下之志。为豫章太守，至，便问徐孺子所在，欲先看之。主薄白："群情欲府君先入廨。"陈曰："武王式商容之闾，席不暇暖。吾之礼贤，有何不可？"

在"陈仲举言为士则，行为世范"这一句中，陈仲举就是陈蕃，字仲举，他说的话就是当时读书人的准则，他的行为就是当时人们尊崇的模范。北京师范大学的校训是"学为人师、行为世范"，就是文中"行为世范"这四个字。

"登车揽辔，有澄清天下之志"这句话并不是直接描述陈蕃实际做了某个动作，而是一种象征性的表达，如同描绘了一幅图画。在这幅图画中，陈蕃登上了车，并"揽辔"，即抓住了马的缰绳。这里的"有澄清天下之志"表明他怀有一个宏伟的目标，即要清理和整顿社会秩序，使世间恢复清明和正义。

陈蕃之所以有这样的志向，是因为他生活在东汉末期，也就是桓灵二帝的时期，那时宦官掌握大权，政治腐败，社会秩序混乱，天下并不"清"。陈蕃年轻时曾有一句名言："大丈夫处世，当扫除天下，安事一室乎？"这句话表达了他不愿意只关注个人的小利益，而是有着扫除天下污秽、恢复社会秩序的远大抱负。因此，说他"有澄清天下之志"，意味着他有着改变现状、让世界变得更好的雄心壮志。

当陈蕃担任豫章太守并刚刚到任时，他没有立即处理公务，而是首先询问了徐孺子的所在。这里的"徐孺子"指的是徐孺，一位当地的贤士。陈蕃表示"欲先看之"，即他希望先去拜访并慰问徐孺。在这句话中，"之"是一个代词，指代徐孺子。

然而，当地的主簿，一位负责处理日常事务的小官，向陈蕃提出了建议。"白"，即陈述或告白，主簿表示"群情欲府君先入廨"，意思是众人希望陈蕃作为新任太守，应该先进入官府，也就是"廨"，处理就职的相关手续和事务。在这里，"府君"是对太守的尊称，而"廨"指的是太守的办公场所。

陈蕃提出了自己的观点，他说："武王式商容之闾，席不暇暖。吾之礼贤，有何不可？"这里，他引用了周武王的故事来表达自己的态度。

"武王"指的是周朝的武王，而"商容"是当时一位有才德的贤臣。在这句话中，"式"字与"轼"字通用，后者是车前的扶手，此处用来指代周武王乘车的行为。周武王在刚刚即位之后，便迫不及待地乘车前往商容的住所，以示对他的尊重和礼遇。这里的"之间"中

的"闾"原指里巷的门，此处用来代指商容的住所。周武王的这一行为体现了他对贤才的重视和礼遇，即使自己刚刚登基，也不忘去拜访贤臣。

陈蕃接着说，"席不暇暖"，意指周武王因为急切地去拜访商容，以至于他的座位都没有捂热乎，这里的"暇"表示闲暇或有空。通过这个描述，陈蕃强调了周武王对贤才的尊重和迫切求才的态度，同时也表达了自己效仿周武王，礼贤下士的意愿，问自己这样做有何不可。

《后汉书》中，才子徐孺的特殊待遇

"吾之礼贤，有何不可？"意思是："我这个"礼贤"有什么不可以的呢？"这就是陈蕃和徐孺子相见的情景。我们再来看《后汉书·徐稚传》里是怎么讲的。

徐稚字孺子，豫章南昌人也。家贫，常自耕稼，非其力不食。恭俭义让，所居服其德。屡辟公府，不起。时陈蕃为太守，以礼请署功曹，稚不免之，既谒而退。蕃在郡不接宾客，惟稚来特设一榻，去则县之。

这段话的意思是，徐稚，字孺子，是豫章郡南昌地区的人。他家境贫寒，一直亲自耕作，自食其力。徐稚为人谦恭节俭，讲究礼义，在他所居住的地方，人们都尊敬他的德行。尽管多次被官府征召，但他都未曾就职。当时，陈蕃担任太守，依照礼节邀请徐稚担任功曹一职，徐稚无法推辞，于是前往拜见陈蕃，但之后又退隐了。陈蕃在任期间不接待来访的宾客，唯独徐稚来访时，会特别为他准备一张床榻，徐稚离开后，便会将榻收起。

我们可以看到，他是怎么"下陈蕃之榻"的呢？"蕃在郡不接宾客"，说的是陈蕃在豫章当太守的时候，他是不接待宾客的。"惟稚来特设一榻"是说只有徐孺子例外，他来了陈蕃就专门为他设立一张"榻"。在"去则县之"一句中，"去"就是离开，即徐孺子离开后陈蕃就把它悬起来，"之"为代词，代这个榻，"县"通"悬"，说明陈蕃对徐孺子是相当客气的。

古文蒙学阁

 文言现象：形容词用作动词

　　词类活用是古汉语中一种常见的语言现象，其中形容词活用为动词尤为典型。这种现象指的是，在古汉语的实际运用过程中，形容词根据语境的需要，临时承担起动词的语法角色，并发挥相应功能。

　　以《滕王阁序》中的"物华天宝"和"人杰地灵"这两个成语为例，它们在现代汉语中被广泛认知为形容词，用以形容事物的美好和地域的灵秀。如果细细考究，这些词语近乎完美地体现出了王勃精湛的写作能力：在"物华天宝"一语中，"华"原指光彩夺目，作为动词使用，翻译为"有光华"。而"宝"则指珍贵之物，整体可以理解为"物产（具有）精美（的特性），犹如天上拥有的珍宝"。同样，"人杰地灵"中的"杰"和"灵"都可以作为动词使用，翻译为"有俊杰"和

"有灵气"，整个词语意味着"人才有俊杰，土地充满灵气"。

在《史记·项羽本纪》中，司马迁描述了楚左尹项伯与留侯张良的关系，使用了"善"字，将其作为及物动词，表意为"交好"或"友好"。相关句子为："楚左尹项伯者，项羽季父也，素善留侯张良。"这里，"楚左尹"指的是楚国的一种官职，其中"尹"是古代的官名，而"左尹"则是具体的职位，通常负责辅佐国君，属于高级官员。这句话的意思是：楚左尹项伯，是项羽的叔叔，平素与留侯张良交好。

通过这些例子，我们可以看到，古汉语中的形容词活用为动词，不仅是语言的一场华丽变装秀，更是古代文人智慧的展现。这样的表达方式，不仅让古汉语变得丰富多彩，也为后来的文学创作和语言学研究留下了一串串闪亮的足迹，等着我们去发现和欣赏。

俊采星驰，
宾客神采奕奕

雄州雾列，俊采星驰。
台隍枕夷夏之交，
宾主尽东南之美。

人才与地域的相互辉映

　　"雄州雾列"描述的是洪州地区的宏伟壮观，其气势之大仿佛大雾弥漫，层层排列。这里的"雾列"实际上是指洪州的建筑群，象征着该地区的繁荣发展。而"俊采星驰"中的"俊"字，指的是当地众多杰出的人才。在古代汉语中，"英""雄""豪""杰""俊"等词汇均用以形容非凡的人才，因此，"雄"与"俊"在此处形成了对仗，展现了人与地的相互辉映。

　　"俊采"的"采"字，描述的是这些人才的精神风貌，意指他们的风采和气质。这里用"星驰"来形容他们的光芒四射，如同夜空中璀璨的星辰划破长空，展现出无比的耀眼和活力。在文言文中，"名词作状语"是一种常见的语法现象，如"雾列"即指像雾一样排列，而"星驰"则是像星星一样飞驰。这样的表达方式，既形象生动，又富有诗意，这就是"名词作状语"的魅力。"台隍枕夷夏之交"此句，旨在具体描绘雄州之地的地理与战略重要性。在这里，"台隍"一词，用以指代城池的防御体系，其中"台"特指城墙，而"隍"则指代护城河。古时护城河若蓄水，则称作"池"，若无水，则称作"隍"。因此，"台"与"隍"并提，实际上是对洪州城防的总体描述。

句中"枕夷夏之交"进一步强调了洪州地理位置的关键性。"夷"字在此指的是周边的古代少数民族地区，"夏"则代表中原地区。洪州恰好位于这两大区域的交界之处，成为连接古代少数民族地区与中原地区的枢纽地带。此处使用"枕"字，形象地表达了洪州的战略地位，作者将这一重要之地置于安全与显要之处，既凸显了其地理优势，又赋予了洪州以守护与支撑的象征意义。

"宾主尽东南之美"，是说宾客和主人大家已经涵盖了整个东南地区所有优秀的人才。这里的"美"和上一句的"俊"，都是指当天参加滕王阁竣工大典的这些"宾主"们，王勃通过文章赞美他们的优秀。

王勃的用心良苦：故意改变行文节奏

"雄州雾列，俊采星驰。台隍枕夷夏之交，宾主尽东南之美。"此两句与前文"物华天宝，龙光射牛斗之墟；人杰地灵，徐孺下陈蕃之榻"紧密相连，共同构成了一段骈文。在骈文的文体中，句式的变换往往富有深意，不仅是为了追求音韵的和谐与对称。对于此处句式的变化，有人可能会提出疑问：既然前文采用了四字加七字的短长句结构，为何此处转变为"四、四、七、七"的结构？或许有人会认为，将其读作"雄州雾列，台隍枕夷夏之交；俊采星驰，宾主尽东南之美"更为流畅。然而，此种解读忽略了文章本身的骈文特性。骈文讲究对仗工整、音韵协调，作者在此处采用特殊的句式结构，旨在创造出独特的节奏感和美感。"雄州雾列，俊采星驰"以四字句起兴，描绘出一幅宏伟壮观的景象，而"台隍枕夷夏之交，宾主尽东南之美"则以七字句展开，进一步细腻地勾勒出地域之美与人杰地灵的和谐统一。通过这种变化，作者不仅展示了雄州的自然景观，还强调了宾主之间的文化交融与审美情趣，充分体现了骈文的修辞特点和艺术魅力。王勃在此处故意改变行文的节奏，是为了避免单调，创造出一种朗朗上口的"读感"，同时也为了优化听众的听感体验。这种变化体现了作者对骈文韵律的精湛掌握和对文学美感的深刻理解。因此，在欣赏和解读此类文学作品时，我们应深入体会作者的用心良苦，以及骈文所独有的韵律与美感。

古文蒙学阁

🍃 文言现象：名词用作状语

在古汉语中，名词作为状语使用是一种常见的语法现象，它指的是名词位于动词之前，起到修饰或限定动词的作用，而不是作为动作的主体。例如，在"雄州雾列，俊采星驰"这一表述中，"雾"和"星"作为名词，实际上是在修饰后面的动词，分别表示"像雾一样密集"和"像流星一样迅速"。

另一个例子是"君子博学而日参省乎己"（出自战国时期荀子所著《劝学》），其中的时间名词"日"作为状语，修饰动词"参省"，表明这一行为是经常发生的，即君子广泛学习，并且每天多次地自我反省。

再如，"蚓无爪牙之利，筋骨之强，上食埃土，下饮黄泉，用心一也。"（出自战国时期荀子所著《劝学》）在这句话中，"上"和"下"这两个方位名词作为状语，分别修饰动词"食"和"饮"，指出动作的方向性，即"向上"和"向下"。在这里，"向上食埃土"和"向下饮黄泉"描述的是蚯蚓在地面上和地下的生活状态，而"用心一也"则强调了蚯蚓专一的精神状态。如此一来，整句话就可以翻译成："蚯蚓没有锋利的爪牙和坚强的筋骨，却能向上吃到泥土，向下喝到泉水，这是用心专一的结果。"

通过这些例子，我们可以看到名词作为状语的使用丰富了句子的表达，使得古汉语的语法结构更加灵活多变，同时也为我们理解古代文献提供了重要的线索。

高朋满座的宴会
盛况

都督阎公之雅望，

棨戟遥临；

宇文新州之懿范，

襜帷暂驻。

十旬休假，胜友如云；

千里逢迎，高朋满座。

王勃的写作小技巧：调整语序增加变化

　　"都督阎公"指的是一位姓阎的都督，其具体名字在此并不重要，关键在于他的身份和地位。而"宇文新州"则是对另一位贵宾的尊称，他姓宇文，即将赴新州担任刺史，因此以"新州"来称呼他，体现了当时大家对他的尊敬和期待。

　　王勃在行文过程中巧妙地避免了单调，通过调整名字的位置来增加文本的韵律和变化。在提到"都督阎公"时，他将名字置于后位，而在提及"宇文新州"时，则将名字前置，这样的变化使得文本更加生动有趣。

　　在"都督阎公之雅望"中，"雅望"指的是优美的声誉和名望，在这里是定语后置，翻译成现代汉语大致是："拥有美好声誉和很高名望的阎都督"。"棨戟遥临"

描述的是阎都督远道而来，莅临洪州就任的情景，"棨戟"修饰"遥临"，名词作状语用。

复合型兵器"戟"

我们先认识一下"戟"。"戟"是一种融合了"戈"与"矛"的特点的复合型兵器。在《三国演义》中，吕布所使用的"方天画戟"便是"戟"的一种，因其独特的造型和强大的战斗力而闻名。

"戟"的结构较为复杂，它结合了"矛"的直线攻击特性和"戈"的横向切割功能。"矛"是一种长柄兵器，通常由木柄和用金属制成的尖锐头部组成，用于直线刺击敌人。而"戈"则是一种古老的兵器，主要由一个长柄和一个带有横向刃部的头部组成，适合在战车上进行挥砍和钩割。

随着战争形态的变化和技术的进步，人们开始尝试将"矛"和"戈"的功能结合在一起，以提高兵器的实用性和功能。于是，"戟"应运而生。它通常具有一个长柄，头部则结合了"矛"的尖锐刺击部分和"戈"的横向切割刃，使其既能够进行刺击，又能够进行挥砍，极大地增强了兵器的多功能性。

"三叉戟"是"戟"中的一种特殊类型，其头部通常有三个尖刺，这种设计使得"三叉戟"在战斗中更加致命，可以从多个角度攻击敌人。在神话和传说中，"三叉戟"也常被赋予特殊的象征意义，如象征着海神的权杖等。

"棨"是一种木质的礼器，其形状类似于"戟"，但主要用于礼仪而非实战。它通常由高品质的木材制成，外形模仿实战中的"戟"，但尺寸、装饰和用途都有所不同。在古代官员出行或重要仪式中，仪仗兵会手持"棨"，作为开道和引导的象征。

"棨"的外部通常会套上一层赤黑色的丝绸套子，这种套子不仅增加了礼器的美观性，也赋予了它更加庄重和神圣的气息。赤黑色在古代常常与权力和威严相关联，因此，设计者对这种颜色的选择进一步强调了官员的尊贵地位。

"棨戟"一词在这里联合使用，指的是官员出行时

前方的仪仗兵，他们手持"棨戟"，在队伍前方开道，为官员的到来营造庄重和威严的氛围。这种仪仗队的出现，不仅为官员的行进提供了指引和保护，也是一种向民众展示官员身份和权威的方式。

"遥临"一词在这里形容的是官员从远方莅临洪州的情景。它不仅描绘了官员远道而来的行程，也表达了人们对于官员到来的期待和尊敬。

王勃笔下的朋友聚会

下一句，"宇文新州之懿范"中的"懿范"一词，用以形容人的品德和行为典范。"懿"字在古代汉语中，常用以形容事物美好、高尚，与"雅"字相近，皆有美好之意。而"范"字，本指制作铜器、铁器等金属物品时所用的模具或标准，因而引申为榜样、模范之意。

因此，"懿范"合用，意指某人不仅品德高尚、行为美好，而且堪为他人学习效仿的典范。在此，王勃称赞宇文新州的品德和行为，认为他是一位值得尊敬的楷模，其美好的品德和举止成为众人学习的榜样。

　　"襜帷暂驻"中，"襜帷"与前文提到的"棨戟"具有相似的修辞特点，它们均属于车驾的附属物，但各自代表了不同的部分。"棨戟"指的是官员车驾前方的礼仪兵器，而"襜帷"则是指车外悬挂的帷帐，用以遮挡视线和保护乘客的隐私。

五代十国 _ 顾闳中 _ 韩熙载夜宴图

"襜帷"一词中的"襜"指的是一种布料，而"帷"则是帷幕，合起来"襜帷"便是车驾上的帷幕。这种帷幕不仅具有实用性，还往往装饰精美，反映了车主的身份和地位。在古代，官员出行时，车驾上的"襜帷"不仅是为了实用，也是一种展示权力和尊贵的方式。"暂驻"则表明宇文新州的车驾在洪州暂时停下。

在唐朝的官制中，官员每十天享有一次休假，这一制度被称为"旬休"。"胜友如云"，其中"胜友"指的是亲密无间的好友，他们如同云彩一般聚集在一起，数量众多。而"千里逢迎"则描绘了一种情景，即官员们为了迎接远道而来的朋友，不惜走上千里之遥。这里的"逢"和"迎"都是迎接的意思，表明了官员们对于朋友的重视和敬意，即使是远隔千里，也要亲自出门迎接。

"十旬休假"与"千里逢迎"形成了精妙的对仗，其中"十"与"千"相对，"旬"与"里"相对，休假的静态与出门迎接的动态相对，展现了一种动静结合的生动画面。而在"胜友如云"之后，王勃又用"高朋满座"进一步描绘聚会的盛况，其中"高朋"指的是地位高或才华出众的朋友，他们的到来使得聚会更加热闹和隆重，座位都被这些尊贵的宾客所占据。

古文蒙学阁

🍃 文言现象："之"字作为定语后置的标志

在文言文的语法结构中，定语后置是一种常见的语法现象，其中定语成分位于它所修饰的名词之后，这种结构有助于强调定语成分。例如，在短语"都督阎公之雅望"中，"都督阎公"充当中心语，而"雅望"作为定语。通过在中心语和定语之间插入助词"之"，定语"雅望"得到了突出，从而强调了阎公所具有的崇高声望。

类似地，在《马说》中的句子"马之千里者，一食或尽粟一石"，也体现了定语后置的用法。在这里，"马之千里者"是主语，"一食或尽粟一石"是谓语部分。助词"之"的使用将"千里者"这个定语后置，使得句子更加强调了这种马日行千里的特征，以及它们食量大的特性。

这种语法结构的使用，不仅丰富了文言文的表达方式，也使得句子的层次更加清晰，有助于读者理解句子的重点和作者的意图。通过定语后置，文言文能够更加精确和有效地传达信息，同时也体现了古汉语语法的特点和魅力。

🍃 文化链接：古代的休假制度

我国的休假制度源远流长，其历史可以追溯到汉代。在汉代，官府制定了"五日休"的规定，即每五天中有一天为休息日。到了唐代，休假制度发生了变化，实行"旬休"，即每十天休息一天。在这些休息日中，官府的基本运作并不会完全停止，而是采取类似现代"轮休"制度的方式，确保官府工作的正常进行。例如，在汉代，霍光在休假时会安排上官桀代为处理公务，可怜的上官桀因此叫苦连天。

除了这种定期的休假安排，古代还有特定的节假日。在唐代，中秋节允许休假三天，寒食节和清明节则共休假四天。明代，朝廷进一步丰富了休假制度，冬至假期为三天，元宵节更是长达十天。明代政府还引入了"急假"，供官吏处理紧急家事，每年最多可休60天，与现代的年假制度相似。对于官吏的休假，历代政府都有严格的规定。唐代规定三品以上官员在假期结束后必须到衙门报到，否则将面临罚俸一月的处罚，严重者甚至可能被罢官。

休假的官吏可以自由安排自己的活动。在古代，沐浴是一件比较正式且复杂的事务，因此人们常利用休假日去洗头和洗澡，这也是古代休假日被称为"休浴"或"沐浴"的原因。

随着西方传教士和天主教传入中国，"礼拜天"这一概念开始在中国出现。辛亥革命后，中国开始采纳西方的星期日休息制度，实行每周一次的休息安排。这标志着我国休假制度的一个重要转变：古代休假制度逐渐与现代休假制度接轨。

设宴送别宇文新州

腾蛟起凤,

孟学士之词宗;

紫电青霜,

王将军之武库。

家君作宰, 路出名区;

童子何知, 躬逢胜饯。

孟学士和王将军

王勃以"腾蛟起凤"的比喻盛赞孟学士的文学成就。此句借用了神话中蛟龙腾跃、凤凰翱翔的壮丽景象，来形容孟学士的文学造诣之高，仿佛能够与董仲舒、扬雄等文学大师相提并论。这样的比喻不仅生动形象，而且极富诗意，充分表达了对孟学士文学才华的极高评价。

同时，王勃对王将军的军事才能也给予了极高的赞誉，称为"紫电青霜"。这里的"紫电青霜"并非实指两把具体的宝剑，而是用来象征王将军的军事才干，如同传说中的锋利无比的神兵利器一般威力巨大。这种比喻既突出了王将军的军事天赋，也表现了作者对英雄人物的无限敬仰。

在文中，王勃巧妙地运用了"词宗"和"武库"两个词来形容孟学士和王将军。所谓"词宗"，并非指孟学士是词学领域的宗师，而是用以强调其文学成就的卓越；而"王将军之武库"也并非指王将军拥有"紫电青霜"等武器，而是借此夸赞王将军的军事才能。

值得注意的是，历史上并未记载孟学士和王将军的真实姓名，这表明王勃通过这种夸张的手法，将两位普通人的才华和成就提升到了令人景仰的高度。这种写作技巧不仅展示了王勃的文学才华，也体现了他对于人物描写的独到见解和深刻理解。通过这样的描绘，王勃成功地塑造了两位令人难忘的人物形象，使其在文学史上留下了浓墨重彩的一笔。

盛大的送别宴会

在《滕王阁序》中，王勃以"家君作宰，路出名区"的句子，描绘了其父亲在仕途中的一段经历。其中，"家君"是古代汉语中对父亲的尊称，相当于现代汉语中的"父亲"或"爸爸"。而"作宰"则意味着王勃的父亲在当时担任了交趾县的县令一职。在古代，"宰"字除了常用来指代宰相或主官之外，也泛指各级官员，此处特指王勃之父作为地方官的身份。

"路出名区"则表达了王勃在省亲途中，经过了洪州这样一个名声显赫的地方。这里的"名区"是对洪州的美称，意指该地在当时享有盛名，是一个人们向往的地区。王勃通过这样的叙述，不仅向读者介绍了自己父亲的官职，同时也借机赞美了洪州的繁荣与美好。

值得一提的是，交趾在唐朝时期是中国的一个县，位于今天的越南境内。王勃在撰写《滕王阁序》的次年，不幸在交趾境内遇难，其墓地也位于越南。这段历史背景为王勃的生平增添了几分传奇色彩，同时也反映了当时中国与周边地区的紧密联系和行政区划的历史变迁。

"童子何知，躬逢胜饯"，王勃以自谦的口吻写道："童子何知，躬逢胜饯"。在这里，"童子"是王勃自谦的称谓，意为年幼无知的晚辈，表现出一种谦逊的态度。他用"童子"自称，表达了自己对于能够参与这场盛大饯别仪式的荣幸和意外。

"躬逢胜饯"中的"躬"字，意为亲自，表明王勃有幸亲自见证了这一盛事。"逢"字则表示赶上、遇到，而"胜"字用来形容这次饯别仪式的盛大和隆重。"饯"指的是一种送行的宴会，即专为主人送别宾客时所设的饭局，因此"胜饯"即为一次极为隆重的送别宴会。

至于这场"胜饯"是谁设的，文中"路出名区"的描述已经隐含了答案，即阎都督。而"躬逢胜饯"则明确指出，王勃有幸参与的这场送别宴会，正是为了送行另一位贵宾——宇文新州。

"腾蛟起凤"与"紫电青霜"

我们讲一讲这里的"腾蛟起凤""紫电青霜"到底都是什么意思。

据古代文献《西京杂记》记载，董仲舒梦蛟龙入怀，乃作《春秋繁露》。董仲舒是汉朝著名的儒学大师，其学说对于当时的文化政策产生了深远的影响，尤其是在"罢黜百家，独尊儒术"的政策中，董仲舒的儒学思想被尊崇为官方学说。他的代表作《春秋繁露》是对《春秋公羊传》的深入阐释，为后世儒学研究奠定了重要基础。

据《西京杂记》记载，董仲舒曾梦见蛟龙入怀，这一神奇的梦境激发了他的灵感，从而创作了《春秋繁露》。在这里，"腾蛟"即指蛟龙腾飞，象征着董仲舒学识的渊博和思想的飞跃。

同样，扬雄也是汉代的一位大儒，他在学术上有着卓越的成就。《西京杂记》中提到，"扬雄读书，有人语之曰：'无为自苦，《玄》故难传。'忽然不见。雄着《太玄经》，梦吐凤凰，集《玄》之上，顷之而灭"。扬雄在研读经典时，曾有人劝告他不要过于劳苦自己，因为"玄"这种深奥的智慧向来难以传承。然而，扬雄并未停止探索，最终完成了《太玄经》的创作。在完成这部著作后，他又梦见自己吐出了凤凰，这只凤凰落在了《太玄经》之上，不久后便消失了。这里的"起凤"象征着扬雄学识的升华和智慧的传承。

《太玄经》是扬雄仿照《周易》撰写的一部关于五行八卦的哲学著作，它探讨了宇宙和自然的根本原理。

"梦吐凤凰，集《玄》之上"中的"集"字，本义是指鸟类栖息于树木之上，上面这个"隹"代表鸟，下面的"木"代表树枝，所以这就是"集"的本意：鸟落在树枝之上。此处用来形容凤凰落在《太玄经》之上，寓意着扬雄的学识和智慧得到了象征吉祥和高贵的凤凰的认可和传扬。

而在"紫电青霜"一词中，王勃以"紫电青霜"形容宝剑之锐利与珍贵，其中"紫电"与"青霜"均为传说中的名剑。特别是"青霜"这一把宝剑，其背后有着内容丰富的历史故事。

据史料记载，"青霜"乃是汉朝皇帝代代相传的宝剑之一，与秦二世的侄子子婴有着密切的联系。在秦二世被赵高所害之后，子婴被立为秦王。然而，子婴的王位并未长久，仅仅四十六天后，他便向刘邦投降，并将传国玉玺——"白玉玺"献给了刘邦。这枚玉玺上刻有"受命于天，既寿永昌"八个篆字，象征着国家政权的合法性和天命所归。

古文蒙学阁

文言现象：意动用法增强文学表现力

文言文中的意动用法是一种独特的语法结构，它涉及将名词、形容词或动词转化为意动词的用法，用以表达说话者的主观意愿、情感或评价。这种用法通过赋予原有词类以新的动态和主观意义，丰富了句子的表达力和感染力。

在意动用法中，词语的原始意义在特定语境和语气的影响下得到延伸，从而表达出一种超越字面意义的内涵。例如，一个名词可能被用来表达对某物的强烈欲望，一个形容词可能被用来表达对某事的深度赞赏或不满，而一个动词则可能被用来表达对某件事情发生的期望或愿望。

以"腾蛟起凤"为例，这一表达通过意动用法，将"腾蛟"和"起凤"这两个形象作为形容词使用，生动地描绘了孟学士的文采如同蛟龙腾跃、凤凰翱翔一般，充满了活力和力量。同样，"紫电青霜"这一表达也采用了意动用法，用以形容王将军武库中所藏宝剑的珍贵和锋利。在这里，"紫电"和"青霜"分别代表了两种名贵的宝剑，通过这种形象化的描述，传达了对武器锋利程度的高度评价。

通过意动用法，文言文能够以更加生动、形象的方式表达复杂的情感和评价，使得文学作品的表现力得到显著增强。这种用法不仅丰富了文言文的语法结构，也为现代读者理解和欣赏古代文学作品提供了一种重要的视角。

第二章

滕王阁

三秋美景

落霞孤鹜，秋水长天

一场说走就走的旅程

时维九月，序属三秋。

潦水尽而寒潭清，

烟光凝而暮山紫。

俨骖騑于上路，

访风景于崇阿。

临帝子之长洲，

得天人之旧馆。

盛大饯别仪式的举办时间

在《滕王阁序》中，王勃用"时维九月，序属三秋"，巧妙地描绘了当时的时间背景。"维"字在古代汉语中，原指用于系缚的大绳，此处借以形容时间的节点，传达了时间恰好在九月的意思。这里的"维"不仅表达了时间的准确性，也暗示了这一时刻的特殊性和重要性，因为当时的盛大饯别仪式正是在九月九日重阳节举办的。

至于"属"字，在古汉语中有两种读音，分别为"zhǔ"和"shǔ"。若读作"shǔ"，意指时序属于秋天；而若读作"zhǔ"，则强调时序恰好处于秋天的第三个月。根据上下文的语境可以推断，将"属"理解为"恰好正在"的意思更为准确，因此应读作"zhǔ"。这种对字词读音的精准把握，进一步增强了文本的韵律感和表达的精确度。

至于"三秋"，在不同的语境下，意思是不同的。古人将秋季分为孟秋、仲秋和季秋，在《滕王阁序》中，"三秋"应理解为秋季的第三个月份，也就是九月。"三秋"对"九月"，这是一种"对仗"。王勃巧妙地运用了"三秋"与"九月"的对仗，展现了骈文的韵律之美。

王勃在同一段落中两次提及时间，这并非冗余，而是骈文特有的写作技巧。通过这种手法，作者在音律上形成了对仗，既保持了文本的紧凑性，又通过适当的"伸展"，增强了语言的节奏和韵律，使得整段文字更加和谐、流畅。

"潦水尽而寒潭清，烟光凝而暮山紫"描绘了九月时节的自然景象，展现了作者深厚的文学功底和对自然景观的细腻观察。这两句诗不仅生动地描绘了秋日的气候特点，更通过精准的用词传达了时节的变迁和自然的变化。

"潦水尽"描述的是雨水过后，道路上的积水已然消退，恢复了干燥的状态。"潦水"指的是因雨水积聚

宋 _ 佚名 _ 三秋喜报图

而形成的路面积水，而"尽"字则表明这些积水已经完全消失。

"寒潭清"中的"寒潭"指的是因秋意渐浓而显得格外清凉的水潭。这里的"清"字用得极为传神，有在农村生活经验的人，就很容易理解这一点：到了秋天，池塘里的水温变冷了，微生物不活跃了，水自然就变得清澈起来。

"烟光凝而暮山紫"描绘了夕阳下的山景，这句中的"烟光凝"形容傍晚时分，夕阳的余晖穿透了缭绕的云雾，使得暮色中的光线仿佛凝固在空气中，营造出一种静谧而神秘的氛围。而"暮山紫"则描绘了太阳即将落山之际的景象：山峦被染上了一层紫色的光晖，显得格外庄重而华贵。

这里的"凝"字，形象地表现了光线在暮色中缓缓凝聚的景象，给人一种时间仿佛静止的感觉。而"暮山紫"中的"紫"字，不仅描绘了山色的美感，还隐含了一种尊贵的象征。在唐朝，紫色的服饰是三品以上官员的专属，因此，这里的"紫"字也隐喻了一种高贵的社

明 _ 周臣 _ 白潭图

会地位。

在对仗的运用上，这两句诗不仅在"潦水尽"与"烟光凝"，"寒潭清"与"暮山紫"之间形成了工整的对仗，而且在"潦水尽"与"寒潭清"，"烟光凝"与"暮山紫"之间也各自构成了对仗。这种在一个句子内部出现对仗的写作技巧，称为"当句对"。这种对仗方式是一种非常高超的写作技巧，充满了整篇《滕王阁序》。

王勃赴会的行动路线

"俨骖騑于上路，访风景于崇阿"也是一种"对仗"。"上路"并非指向前行进的道路，而是指那高耸入云、令人望而生畏的大道，象征着通往崇高目标的途径。在"崇阿"中"崇"用以形容山峰的高峻。人高不能叫"崇"，形容山高才能叫"崇"。而"阿"则是山的古称。在古代文学中，"阿"字经常出现于山名之中，如"阿房宫"即指建在高陵之上的宫殿。

"阿"字左侧的"阝"部首，并非与耳朵相关，而是"阜"的变体，意指土山。因此，当汉字中出现"阝"部首时，往往与山有关。例如，"陵"指高大的山丘，常用来指代帝王的陵墓；"险"形容地势险峻；"阳"则指山的南面或水的北面；"陆"表示高于水面的陆地。

　　在《滕王阁序》中，王勃巧妙地运用了对仗手法，构建了一幅动静结合、意境深远的画面。其中，"上路"与"崇阿"相对，均与山间道路有关，但各有侧重。"上路"指的是高耸的道路，而"崇阿"则特指高山。这样的对仗，不仅在形式上工整，更在意义上形成了层次分明的对比。

　　"访风景"与"俨骖𬴂"相对，初看似乎不易理解。通常，"访风景"意味着探访、欣赏自然美景，动作明确，易于把握。然而，"俨骖𬴂"中的"俨"字，很多人把它解释为"整齐"，似乎与探访风景的动作并不对应，且词性上也不一致。依据《说文解字》的解释，"俨"字有"昂头"之意，此处取其为昂首挺胸的姿态。

　　"骖𬴂"则是指马匹，特别是驾车时两侧的马。在这里，昂首挺胸的马匹在高耸的"上路"上奋蹄，与诗人在"崇阿"寻访风景形成了一种快慢结合的对仗。如此一来，诗人在高山之上寻找美景，而马匹则在山路上昂首奔腾，两者相互映衬，对仗便形成了。

在古代汉语中，"骖骓"是对驾车马匹的特定称谓。具体而言，一匹马单独称为"马"，两匹马并驾齐驱时则称为"骈"，因其成对出现，故含有对仗的意味。三匹马拉的车被称为"骖"。至于四匹马拉车，则称为"驷马"。在古代文学中，有句成语"一言既出，驷马难追"，意指话说出口后，就如同四匹马拉车般难以收回，形象地表达了言辞的重要性和谨慎发言的必要性。

王勃抵达目的地时的情景

让我们回到原文，王勃以"临帝子之长洲，得天人之旧馆"描绘了自己抵达滕王阁时的情景。在这里，"临"字意味着到达或靠近，表达了作者亲自踏足此地的动作；"得"字不太好翻译，如果硬要直译的话可以翻译为"碰到"，这里传达了一种获得或达到的意味，即得以进入或登上"天人之旧馆"之意。类似的句子你可能学过《桃花源记》中"林尽水源，便得一山"，这两个"得"字意思一样。句中的"帝子"与"天人"相对，均指代滕王李元婴，以此强调滕王阁的主人和其非凡的背景。

"长洲"与"旧馆"相对，其中"长洲"指的是滕王阁建立的地理位置，即水中的一片陆地，而"旧馆"则意味着这是李元婴昔日建立的馆舍，尽管今日所见已是重修后的建筑。

综上所述，王勃在《滕王阁序》中巧妙地运用了时间、气候、行动路线和目的地等多个维度，细致地叙述了自己在一个特定的时节、一个适宜的气候条件下，乘坐适当的交通工具，最终到达了滕王阁这一具有重大历史意义的地方。

古文蒙学阁

一场说走就走的旅程

文化链接：中国古代的季节划分

　　中国古代的季节划分，是一门结合天文学、历法学和自然观察的精细学问。一年被均匀划分为四个季节，每个季节又细分为三个月，分别用孟、仲、季来表示。这种划分不仅体现了时间的流转，更蕴含着古人对自然规律的深刻理解。

　　天文四季划分法是根据太阳在黄道上的位置来确定的。太阳在黄道上的视运动将一年分为二十四节气，其中立春、立夏、立秋和立冬分别标志着春、夏、秋、冬的开端。这种划分方式科学地反映了地球绕太阳公转的周期性变化。

　　然而，对于古代的农民来说，更实用的是农历法。农历法按照农历的月份来划分四季，春季从农历正月开始，到三月结束；夏季从四月开始，到六月结束；秋季从七月开始，到九月结束；冬季则从十月开始，一直持续到年末的十二月。

除了上述两种划分方法，还有气象学的划分方式。这种方式以阳历为基础，春季定为3月至5月，夏季为6月至8月，秋季为9月至11月，冬季则为12月至次年2月。这种划分与现代气象学的标准相一致，也是目前国际上普遍采用的四季划分方法。

最后，物候法通过观察自然界的植物生长、动物行为等自然现象来判断季节的变化。例如，杨柳吐绿、桃花盛开预示着春天的到来；树木茂盛、阳光炙热则是夏日的写照；果实累累、树叶凋零则显现出秋天的丰收与凋零；草木枯萎、寒风凛冽则是冬天的寒冷与萧瑟。

这些季节划分方法，不仅体现了中国古代人民对自然规律的细致观察和深刻理解，也为农业生产、节气节日的庆祝等提供了重要的时间参考。通过这些方法，古代人民能够更好地适应自然，安排农事和生活，这也进一步体现了中国古代文化的博大精深。

王勃笔下的"大片既视感"

层峦耸翠，上出重霄；
飞阁流丹，下临无地。
鹤汀凫渚，穷岛屿之萦回；
桂殿兰宫，即冈峦之体势。

静态的建筑

在这一段所有的句子中，把前半句连起来就形成了一幅画。"层峦耸翠""飞阁流丹""鹤汀凫渚""桂殿兰宫"共同构成了王勃站在滕王阁下，抬头仰望时所见的美景。这些描述不仅是对自然景观的赞美，更是对滕王阁建筑艺术水准的颂扬。

"层峦耸翠"并非周围的山峦，而是指滕王阁的屋顶。阁顶的屋脊层层叠起，犹如山峦般耸立，其上覆盖着排列整齐、色泽鲜翠的琉璃瓦，形成了"层峦耸翠"的壮观景象。

"飞阁流丹"则是对滕王阁建筑特色的另一种描绘。其中，"飞阁"指的是阁道凌空而建，如同飞翔于空中，展现了古代建筑的巧妙与宏伟。而"流丹"则形象地描述了阁下的江水在阳光的照耀下波光粼粼，反射到飞阁上，仿佛阁上的红漆在空中流淌，增添了几分梦幻般的色彩。"丹"就是丹砂、朱砂，本来是一种矿物质，因为质地松软，可以碾成粉末，后来被做成颜料。

"鹤汀凫渚"这一表述，生动地描绘了滕王阁周围江面上星罗棋布的小岛和沙洲。这些小岛和沙洲在地形上如同仙鹤和野鸭栖息的汀洲，环绕着"桂殿兰宫"，即滕王阁及其附属的建筑，形成了一幅层次分明、动静结合的自然与人文景观。

"桂殿兰宫"中的桂和兰都是指名贵木材，但古代名贵木材这么多，为什么非得是"桂兰"呢？在此不得不说一下，中国的文学向来都是在继承中发展的，有时候作者想表达一个比较复杂的概念，就最好用一个大家耳熟能详的典故，明白人一听就懂，在一个词的背后，可能是一种复杂的情绪和信息。"桂兰"这个概念，出自《九歌·湘夫人》："桂栋兮兰橑，辛夷楣兮药房"。后来苏东坡在《赤壁赋》中也写过："桂棹兮兰桨，击空明兮溯流光"。

那么，我们说完了静态的建筑，接下来我们再看看，王勃是如何把滕王阁写出动态的感觉来的。

动态的建筑

在"层峦耸翠，上出重霄"这一句中，一个"上"字，强化了滕王阁高耸入云的气势，阁楼之高，仿佛直插云霄，超越了尘世的束缚。而"下临无地"则形容"飞阁"如同悬于空中，其下是滔滔江水，给人一种仿佛置身于无底深渊之上的错觉。

"穷岛屿之萦回"则是对江中岛屿布局的细致描绘，这些岛屿如同丝带般蜿蜒曲折，环绕着滕王阁。而"即冈峦之体势"则描绘了山峦的轮廓与形态，与"鹤汀凫渚"中的水景相映成趣，形成了一幅山水相依的和谐画面。

"即冈峦之体势"中的"冈"，就是山脊的意思，同"岗"字。也有一种观点认为，在原文中的"即冈峦之体势"一句，其中的"即"字应当作"列"字解，因此整句话应理解为"列冈峦之体势"。这样的解释强调了滕王阁及其附属建筑"桂殿兰宫"如同山脊和山峦一般，依次排列开来，形成了一种层次分明、错落有致的布局。

对仗技巧带来的视觉冲击

王勃笔下的「大片既视感」

在这段话中，王勃巧妙地运用了对仗和意象，赋予了文字丰富的内涵和鲜明的视觉效果。下面，我们来逐一解读这些字词的深层含义和对仗的精妙。

首先，"峦"字指的是山峰的尖顶部分，而"层峦"则形象地描绘了层层叠叠、连绵起伏的山峦。这样的景象与"飞阁"相对，后者指的是建筑在空中的阁道，如同飞翔一般，两者形成了一种动静结合、虚实相映的对比。

"耸翠"与"流丹"则分别代表了自然界和人工建筑的色彩之美。"耸"字在这里形容山峦如同耸起肩膀一般高耸入云，充满了向上的生命力；而"流"字则描绘了阁道上朱砂红漆在阳光的照耀下如同流动的丹砂，呈现出一种向下流动的美感。这两个字的对仗，不仅在动作上形成了上与下的对比，也在色彩上形成了绿与红的映衬。

"翠"字代表了绿色，通常与生机勃勃的自然景观相联系；"丹"字则代表了红色，常用来形容朱砂或红色的颜料，与喜庆和尊贵有关。这两个字的对仗，不仅在色彩上形成了鲜明的对比，也在意境上展现了自然与人文的和谐。

"上出"与"下临"则分别代表了向上的超越和向下的俯瞰。其中，"上出"形容滕王阁高耸入云，仿佛要冲破天际；而"下临"则形容从高处俯瞰下方的江水和土地，带有一种居高临下的气势。这两个字的对仗，不仅在空间上形成了上与下的对照，也在情感上传达了一种超然与威严的感觉。

其次，"重霄"与"无地"形成了一种天地之间的对比。"重"字在这里表示层层叠叠，象征着天空的无限延伸；"无"字则表示虚无，暗示着一种无边无际的开阔感。这两个字的对仗，不仅在意义上形成了有与无的对照，也在哲学上体现了天与地、有形与无形的深刻思考。

大家知道"霄"字为什么是雨字头的吗？关于"霄"字的由来，有一种解释称，天上雨后的彩虹被称为"霄"，因此，"霄"字亦含有彩虹之意，带有雨后天晴、色彩斑斓的美好寓意。

"鹤汀凫渚"这一短语中，"鹤"代表高雅的仙鹤，

"凫"则是寻常的野鸭，两者共同构成了一幅和谐而生动的自然景象。而"汀"指的是水边的平地，"渚"则指水中的小片陆地，这里的"穷"字用以形容岛屿的萦绕和曲折。在古代地理学中，"岛"指的是海中的山峰，"屿"则是山在水中的形态，两者意思相近，共同构成了滕王阁周边水域的美丽风光。

在"萦回"一词中，"萦"意为围绕，"回"则表示曲折，形象地描绘了滕王阁周围地形的曲折环绕。至于"桂殿兰宫"一句有这样的解释。据传，当时的江神祠以桂木建殿，以兰木造宫，这两种名贵木材的使用，不仅彰显了建筑的华美，也赋予了"鹤汀凫渚"与"桂殿兰宫"一种自然与人文的和谐对仗。

我们再看"冈峦"一词，"冈"指山脊，"峦"指山峰，两者共同构成了山的立体形象。而"岛屿"与"冈峦"相对，以及"萦回"与"体势"相对，进一步强化了自然景观与建筑艺术的对比和统一。

读完这句话，在感叹王勃鬼斧神工的同时，咱们着重要掌握两点。第一点是对诗中有画，画中有诗的理解；第二点是要体会对仗的工整性。

古文蒙学阁

文化链接：汀、渚、岛、屿

在中国古代文学的瑰丽画卷中，"汀""渚""岛""屿"这些字眼不仅是对自然地理的描绘，它们还各自承载着独特的文化内涵和情感色彩。

"汀"字描绘的是河流或湖泊中的那片浅浅的滩涂（也可以是沙洲），它们是水边的一抹平缓的土地。在文人墨客的笔下，"汀"常常是水鸟栖息之地、渔舟唱晚的背景，它带给人们一种宁静和安详的感受，仿佛是大自然赐予的一片静谧之地。

"渚"字则是指那些河流或湖泊中的小片陆地，它们或居于水中央，或依偎在水边，虽小却独立。在古代诗文中，"渚"往往成为孤独与幽静的象征，它静静地躺在水面上，仿佛是诗人对心中那份难以言说的离愁别绪的寄托。

"岛"字指的是那些被水域环绕的较大陆地，它们可以是江河湖海中的任何一块独立之地。在文学作品中，岛屿往往被赋予了一种超脱尘世、寻找心灵净土的意象，它们是那些寻求远离喧嚣、心灵宁静之人的理想之地。

"屿"字与"岛"字相似，也是指那些被水体包围的小块陆地，但"屿"更强调其孤立和幽静的特性。在古代诗歌中，"屿"常常与孤独、避世的情感紧密相连，它静静地伫立在水面上，如同一个守望者，默默守护着那份不被打扰的宁静。

这些词汇在中国古代文学中，不仅是对自然景观的描绘，更是文人情感的抒发和哲思的寄托，它们丰富了文学作品的内涵，增添了无限的魅力。通过对这些自然地理概念的描绘和运用，古代文人展现了他们对自然之美的热爱和对生活意境的追求。

王勃笔下的"大片既视感"

清 _ 金农 _ 人物山水图册第九开 · 回汀曲渚暖生烟

明线与暗线的赞美之情

披绣闼，俯雕甍，

山原旷其盈视，

川泽纡其骇瞩。

闾阎扑地，钟鸣鼎食之家；

舸舰弥津，青雀黄龙之舳。

明线上的赞美

王勃的《滕王阁序》以其卓越的文学成就广受赞誉，作者对滕王阁的赞美不仅表现在明面上，文中更蕴含着精妙的隐喻和深刻的内涵，值得我们细细品味和学习。

在"披绣闼，俯雕甍，山原旷其盈视，川泽纡其骇瞩"这一句话中，王勃以细腻的笔触描绘了自己登临滕王阁，参与盛宴的情景。"披绣闼"描述了他推开了装饰精美的窗户，这里的"披"意为推开，"闼"指代窗户，而"绣"则表明窗户上绣有诸多华丽的花纹。这一动作不仅展示了滕王阁的富丽堂皇，也暗示了王勃已经身处阁中，准备开始他的文学创作。

"俯雕甍"则描绘了王勃从高处俯瞰屋脊上的精美雕刻。"甍"即屋脊，而"雕"字则突出了其上装饰的精细和华丽。

"山原旷其盈视"中的"山原"指的是高山和平原，而"旷其盈视"则表现了王勃推开窗户后，眼前展现出广阔的景象。这里的"旷"意为开阔，"盈"表示充满，"视"则指视野。意思是他推开了窗户之后，看到了外边的高山和平原，让他的整个视野都被充满了，感到无比的开阔。所以"披绣闼"对的是"山原旷其盈视"。

再往下一看，"川泽纡其骇瞩"。这一句形象地表达了作者从高处俯瞰时所感受到的视觉冲击和心灵震撼。这里的"川泽"指的是河流和湖泊，而"纡"字则形容了河流湖泊蜿蜒曲折的形态，给人以流动之美。"骇瞩"则描绘了作者因眼前景象而感到的惊讶和震撼，以至于目不转睛地凝视。这不仅体现了滕王阁的高度，也反映了从阁上远眺所能见到的非凡景致。

继续延伸视野，"闾阎扑地，钟鸣鼎食之家；舸舰弥津，青雀黄龙之舳"进一步描绘了滕王阁之下的人间繁华。"闾阎扑地"中的"闾阎"指的是里巷的门户，此处泛指居民区，而"扑地"则形容了里巷密集、接连不断的情景，展现了当地居民众多、生活繁荣的景象。

《说文解字》中对"扑"字的解释为"挨也",即一个紧挨着一个,形象地描绘了民居的密集程度。

当地的人家很多,不仅人多,而且他们都是"钟鸣鼎食之家",这句话中的"之家"是指"……的家庭"。所谓"钟鸣鼎食",并非现代意义上的用"鼎"来进食,而是援引一种上古极为奢华的生活方式。

"钟鸣"在这里指的是古代贵族在宴席上敲击编钟以示庆祝和娱乐。编钟是古代的一种打击乐器,常被用于宫廷和贵族的宴会之中,其悠扬的钟声象征着高雅和尊贵。而"鼎食"则是指宴席上摆满了各种食物的鼎。鼎是古代的一种炊具,用于烹煮食物。在这里,"鼎食"意味着宴席上食物的丰盛和奢侈,宾客们围绕着摆满食物的鼎,在享受美食的同时,还有编钟的演奏相伴。

"舸舰弥津"一句中,"舸"指大型的船只,而"舰"则特指军事用途的战船。"弥"字在这里作"满"解,形容船只遍布整个渡口,而"津"即为渡口,整体而言,这句话描绘了一幅滕王阁之下赣江渡口上大船与战船密布的壮观画面。

作者继续深入描述,"青雀黄龙之舳"中的"舳"

原指船尾，此处泛指船只。王勃提及的这些船只并非普通的船，它们的船身上绘有青雀和黄龙的图案。青雀和黄龙在古代文化中象征着吉祥和权威，这样的装饰不仅展示了船只的宏伟与美观，也反映了船主的地位与财富，与滕王阁的尊贵气质相得益彰。

隐喻和暗喻的手法

　　除了直接的赞美之外，王勃还巧妙地运用了隐喻和暗喻的手法，对特定的人物进行了隐晦的颂扬。例如，"闾阎扑地"一词，初看似乎只是在描述巷陌之间人烟稠密的景象，实际上却隐含着对阎都督的巧妙奉承。文章中提到的"阎都督之雅望",指的便是姓阎的都督。因此,当阎都督读到"闾阎扑地,钟鸣鼎食之家"时,他很自然地会将其与自己的尊贵地位联系起来,感受到一种隐晦的赞誉。

同样,我们再看文中的"舸舰弥津",王勃在描述繁忙的江面景象时,特意将"舰"(军船)与普通的大船区分开来。这种区分不仅丰富了描绘的细节,也隐含着对阎都督的敬意。作为一位武官,阎都督自然会对军船给予更多关注,而文中对军船的特别提及,无疑是在间接地肯定和赞扬他的军事地位和成就。

当然这种解释是后人的一种推测,我们无法穿越到历史中去问一下王勃:"你是不是这个意思?"我们也不可能问阎都督:"听到这些,你是什么心情?"权当一说,供君一晒。

千古名句惊艳全场

云销雨霁，彩彻区明。
落霞与孤鹜齐飞，
秋水共长天一色。
渔舟唱晚，响穷彭蠡之滨；
雁阵惊寒，声断衡阳之浦。

王勃的《滕王阁序》到底有多惊艳呢？我们就看他是如何用两句话来改变整个宴席走势的。

千古名句永流传

"云销雨霁，彩彻区明"，形象地描述了雨后初晴的壮丽天象。"云销"意味着乌云逐渐散去，"销"通"消"，表示天空恢复了清澈；"雨霁"则表示雨水已经停歇，霁色渐露。此时，阳光穿透云层，照耀得整个天空明亮透彻，光彩夺目，给人一种豁然开朗的感觉。

紧接着，"落霞与孤鹜齐飞，秋水共长天一色"这一句，更是将读者的视野从近处的繁华景象带到了遥远的天际。前面咱们曾经讲到过，"闾阎扑地""舸舰弥津"，这些都是眼前的中近景。但到这里笔锋一转，在王勃的笔下瞬间就呈现出一个大全景了。在这里，"落霞"描

南宋 _ 佚名 _ 秋山雨霁图

千古名句惊艳全场

明 _ 董其昌 _ 虞山雨霁图

绘了夕阳余晖下的彩霞，而"孤鹜"则是指孤独的野鸭，野鸭在天空中翱翔，与晚霞相映成趣。"秋水共长天一色"则形容了秋天的江水与天空连成一片，水天一色，宁静而深远。

"落霞"，就是夕阳落下时的晚霞。霞光的形成，需要特定的条件，包括太阳的光辉、云层的遮挡以及特定的光线条件。所以红色的太阳光穿过云层，映入我们眼帘的画面就叫作"霞"，也可以理解为晚霞，即火烧云。

"孤鹜"是一只野鸭的意思，和"鹤汀凫渚"中的"凫"（一种鸟），遥相呼应。

"秋水共长天一色"则是对水天相接、色彩交融的绝美描写。秋天的江水带着一丝凉意，呈现出宁静的蓝色调，而天空则是夕阳映照下的暖红色。在这两者的交汇处，界限变得模糊，水天一色，构成了一幅和谐而宁静的画面。这种景象的开阔和色彩的过渡，让人联想到"半江瑟瑟半江红"的诗句，二者同样展现了自然景色的变幻无穷和诗人深邃的艺术构思。

明 _ 仇英 _ 南华秋水

宴会气氛的转变

　　这两句诗一出，阎都督就坐不住了。据传，阎都督因王勃的文采风头盖过了自己的女婿，心中不免有些不悦。于是，他找了个借口退席更衣，暂时离开了宴席。然而，即便身在幕后，阎都督依然关注着宴席上的动态，他的随从不断地将王勃所作的《滕王阁序》抄录给他。

　　当王勃挥毫泼墨，写下"落霞与孤鹜齐飞，秋水共长天一色"这句时，阎都督被深深打动，无法再保持沉默。我们可以想象，他从幕后走到台前，热情地握住王勃的双手，赞叹道："此乃天赋异禀，才华横溢！"这一幕，不仅展现了阎都督对王勃才华的认可和赞赏，也标志着整个宴会气氛的转变。

　　"渔舟唱晚，响穷彭蠡之滨；雁阵惊寒，声断衡阳之浦"。"雁阵惊寒"中的"雁阵"指的是成群结队飞翔的大雁，它们排成整齐的队形，如同军队的阵列一般。

南宋 _ 张训礼 _ 春山渔艇图

清＿童衡＿芦雁图

"惊寒"则是形容这些大雁似乎被初至的寒冷天气所惊扰。这里的"惊"字用来形容大雁对寒冷的感受，而"寒"则是指秋冬之交的寒冷气候。由于九月初九重阳节过后，天气逐渐转凉，大雁开始南迁，这一景象象征着季节的更迭。如果要探究语法的话，"惊寒"也就是"惊于寒"的意思，"唱晚"就是"唱于晚"的意思，这种语法现象叫作"状语后置"。

"渔舟唱晚"这一句描绘的是渔舟之上的渔夫在夜晚放声高歌的情景，若直接翻译为现代汉语，似乎失去

明 _ 阎尔梅 _ 渔舟唱晚

了诗的韵味。作为中国人，即便不翻译，不懂古汉语语法，我们依然完全能够理解这四个字所包含的那种意象，这就是诗的特点，不能言传，但我们可以意会。我们好像听到一位老年渔夫在舟上，唱出悠扬的调子，唱的是什么？那是捕鱼归来的幸福啊！

"响穷彭蠡之滨"进一步描绘了渔夫歌声的传播。这里的"响"字，指的是声音的回响，"穷"字则表示声音传遍了每一个角落。"彭蠡"是古代对鄱阳湖的称呼，而"滨"则指湖泊的水边。整个表述形象地描绘了这样一幅景象：渔夫的歌声在宽广的湖面上回荡，传遍了遥远的岸边。

"声断衡阳之浦"与前文的"响穷彭蠡之滨"形成了精妙的对仗。这里的"声断"意味着声音的传递在此处戛然而止，没有继续延伸至"衡阳之浦"。"衡阳之浦"特指衡阳地区的水边地带，而衡阳因其地理位置，成了大雁南飞的一个重要节点。

衡阳的回雁峰，是大雁迁徙途中的一个标志性地点，一种说法是在寒冷的冬季，大雁飞至回雁峰便不再南飞，所谓"北雁南飞，至此歇翅停回"。

"之浦"与"之滨"在古代汉语中都指水边，但"浦"字特指支流汇入主流的地方。

古文蒙学阁

文言现象：状语后置

在文言文的语法结构中，状语的位置安排对于句子的意义和韵律起着至关重要的作用。状语，作为修饰或限制谓语的成分，可以由副词、形容词、动词短语或介宾短语等构成。在某些情况下，状语会置于谓语之后，如果谓语后面跟随宾语，则状语放置在宾语之后，这种现象称为状语后置。状语后置不仅使得句子结构更为紧凑，同时也赋予了文言文一种独特的韵律和美感。

例如，在本文中所引用的"渔舟唱晚，响穷彭蠡之滨；雁阵惊寒，声断衡阳之浦"，便是状语后置的典型例证。在这里，"惊寒"实际上是"因寒冷而惊叫"的意思，而"唱晚"则是"在晚上歌唱"的意思。这句话的意思是，在傍晚时分，渔夫在渔船上歌唱，歌声传遍了湖边；而在深秋时节，雁群因感到寒冷而发出惊叫，这声音一直回荡在衡阳的水边。

在我们中学的课本中，我们同样可以找到状语后置的例子。《劝学》中的"青，取之于蓝，而青于蓝"便是一例。这里的"取之于蓝"的"于蓝"原为状语，后置于动词之后，翻译时应当调整为"从蓝草中提取靛青，而靛青的颜色比蓝草更深"。

韩愈的《师说》也运用了状语后置的技巧："生乎吾前，其闻道也固先乎吾。"在这里，"乎吾前"作为状语，后置于动词之后，应翻译为"那些出生在我之前的人，他们理解道理的时间自然比我早"。

通过这些例证，我们可以看到状语后置在文言文中的广泛应用，它不仅丰富了句子的表达内容，还体现了文言文的语法特点和艺术魅力。通过这种特殊的语法结

构，古代文人能够更加灵活地、更加富有变化地表达思想，同时也为现代读者提供了理解和欣赏古代文学作品的重要视角。

千古名句惊艳全场

俯瞰下的
开阔与畅快

遥襟甫畅，

逸兴遄飞。

爽籁发而清风生，

纤歌凝而白云遏。

王勃笔下的开阔与畅快

先前的"渔舟唱晚"与"雁阵惊寒"展现了远处的自然景象与声音，而此时，这些远方的声音似乎穿越了空间的界限，回荡在滕王阁的上空。王勃借此情景，吟诵"遥吟俯畅"。这里的"遥吟"指的是从远方传来的声音，而"俯畅"则形容了诗人俯瞰四周时心胸的开阔与畅快。

关于"遥吟俯畅"，存在不同的版本，本书采用的是"遥襟甫畅"这一版本，我们可以将其解释为诗人从高处远眺，视野所及之处，景象开阔，人的胸怀也随即无比通畅。在这里，"襟"表示一个人的胸怀，"甫"为立即的意思，"畅"字则表达了畅通无阻的感受。尽管两种版本在用词上略有差异，但所蕴含的意境和情感是相通的。

当人的内心充满喜悦与欢愉时，我们将这种状态称为"逸兴遄飞"。那么，究竟何种兴致能够配得上"逸兴"二字呢？"逸"字本意为逃离、逃逸，而在此语境下，它则表现出人们的兴致已至沸点，大家难以自持，控制不住，仿佛要冲破束缚，逃离尘世之束缚。而"遄"字意味着迅速、疾速，当我的"逸兴"高涨至极，仿佛要乘风而起时，便称之为"逸兴遄飞"。

再深入探究，"爽籁发而清风生"。此刻，我们不禁好奇，王勃究竟身处何地？回想前文，王勃已然"披绣闼"，即推开了滕王阁的窗户。他立于窗边，感受那阵阵清风拂过，风轻拂滕王阁的窗棂，那呼啸而过的风声，宛如自然界中最纯净的乐音，发出如此清新悦耳之声，我们称之为"地籁"。

关于上述描述，有几个概念值得我们深入探讨。首先，"爽"这个词，通常用以形容秋高气爽时的宜人气候，当空气中的水分含量降低时，人们便会感受到一种清爽宜人的气息。这种干爽、清爽、舒爽的感觉，均源于空气中水分减少所带来的人体感受。

其次，"发"在此处意为发出声音。那么，"籁"究竟为何物，又是如何发出声音的呢？"籁"通常指的是管状的物体，当它能够发出声音时，我们称之为"籁"。

关于"籁"的分类，主要有三种。第一种是"人籁"，即人们吹奏的竹管乐器所发出的声音；第二种是"地籁"，指的是大地上各种孔洞经风吹过时所产生的声响；第三种则是"天籁"，为自然界中最为纯净、和谐的声音。而在此处的描述"爽籁发而清风生"，明显指的是风吹过窗户的孔洞所产生的声音，因此它属于"地籁"的范畴。这种声音清新自然，给人带来宁静与舒适的感觉。

"人籁""地籁"与"天籁"

我们深入探讨一下"人籁""地籁"与"天籁"的概念。《庄子·齐物论》中有一段文字这样写道："今者吾丧我，汝知之乎？"这句话意味着，此刻我的精神已超越肉体，灵魂仿佛在天际游荡，而肉体则如同不存在一般。这种状态被称为"吾丧我"，即达到了一种忘却自我的境界。"汝知之乎？"则是对此状态的一种询问，意为："你知道吗？"

那么，这种忘我的状态究竟达到了何种程度呢？我们可以从庄子在《庄子·齐物论》前文的描述中寻找答案。前文提到："女闻人籁而未闻地籁，女闻地籁而未闻天籁夫。"这里的"女"即"汝"，加了偏旁部首"三点水"。它告诉我们，你或许已经听过"人籁"，即人们吹奏竹管所发出的声音，你却未曾聆听过大地的"地籁"。即便你曾感受过"地籁"，那"天籁"的声音却依旧遥不可及。

"人籁"代表着人为之音，是人们通过工具创造出的声响；"地籁"则是自然界中各种孔洞因风而起的和鸣，它们随风摇曳，发出独特的旋律；而"天籁"则是最为纯净、最为和谐的自然之声，它超越了人为与地物的界限，是宇宙间最原始、最本真的声音。这三种声音层次递进，从人为到自然，再到宇宙，展示了声音从有限到无限的演变过程。

今日，我们身处家中，靠近窗边。当窗外风起时，我们只需稍微开启窗缝，那呼啸之声便立刻传入耳中。此声，正是"地籁"的一种表现形式。因此，"爽籁发而清风生"所描绘的，便是清风在窗外吹拂，其声犹如"地籁"之音。

我们不应将此句简单理解为王勃身旁有人吹奏排箫，仿佛清风拂过。若仅从字面上解释，我们将无法领悟其真正的含义。实际上，这是王勃对自然之声的深刻感悟，透过文字，我们可以感受到他对天地万物的敬畏与思索。

巧用典故

我们再看后半句"纤歌凝而白云遏"。纤者，细也。"纤歌"是指很细很高的声音，所以它能够传得非常远。远到什么程度上呢？远到了天上，"凝"可以理解为音太高而到达了无法再高的地步。在古诗文里类似的表达有《琵琶行》里的"冰泉冷涩弦凝绝，凝绝不通声暂歇"。或者我们可以认为"凝"是指歌声凝结在这白云之上，让这白云都已经停下了脚步。在这里，我想讲一讲"白云遏"的典故。

这个典故出自《列子·汤问》。文中写道：薛谭学讴于秦青，未穷青之技，自谓尽之，遂辞归。秦青弗止，饯行于郊衢，抚节悲歌，声振林木，响遏行云。薛谭乃

谢求反，终身不敢言归。在"薛谭学讴于秦青"中，"薛谭"是一个人名，"秦青"是另外一个人名，薛谭跟秦青学唱歌。"未穷青之技"，意思是他没有完全学到秦青的技巧的时候，就"自谓尽之"，即他认为自己已经完全学会了，"遂辞归"，是说他于是就告辞要回家了。"秦青弗止"，是说秦青没有制止他，反而"饯行于郊衢"，意思是把他送到了郊外的一条大路上，给他"饯别"。

这里的"饯"，指的是为送别而设的宴席，如同我们在《滕王阁序》中读到的"胜饯"。在饯别之时，秦青"抚节悲歌，声振林木，响遏行云"。"抚节"中的"节"是一种竹子做的节奏乐器，"抚节"意为拍打着"节"而形成节奏的意思。今天所说"节奏"一词就是由此而来。他拍打着节奏乐器，唱出了激昂悲壮的歌曲，声音之强震撼得周围的树木都在摇动，歌声之高亢使得天上的行云都为之停留。这是对秦青歌声的美妙和震撼力的形象描绘。

"薛谭乃谢求反"，薛谭被师傅的歌声深深打动，他意识到自己的不足，于是向师傅道歉并请求留下继续学习。这里的"反"就是我们现在所说的"返回"。自此，"终身不敢言归"，薛谭再也没有提过要回家的事。可见"响遏行云"的典故，既是说这些人歌唱得好听，也是由于当时这个故事也发生在一场饯别的仪式上，王勃在此"一典两用"。

俯瞰下的开阔与畅快

文人盛宴一镜到底

睢园绿竹，气凌彭泽之樽；
邺水朱华，光照临川之笔。
四美具，二难并。

从特写到全景

在之前的对话中，我们提及了"纤歌凝而白云遏"这一诗句，仿佛将镜头聚焦于一位正在歌唱的歌者，而在远方，正是那飘逸的白云。然而，随着镜头逐渐拉开，从特写转变为全景，一镜到底地展现出来：原来，他正坐在一个高朋满座的盛宴之中，"睢园绿竹，气凌彭泽之樽；邺水朱华，光照临川之笔。四美具，二难并"。这其中的典故实在是繁复，需要我们逐一展开，细细品味。

何谓"睢园绿竹"？其实，这是历史上一场声名显赫的文人雅集。主人乃汉梁孝王，地点则设于其私人所有的皇家园林之内。汉梁孝王风雅非凡，热衷于招纳各界文士雅客，共襄盛举，畅谈诗文，品酒赋诗。诸如司马相如这等文坛巨匠，亦曾为其座上之宾。彼时，"睢水"两岸翠竹葱郁，其中一处名为"忘忧馆"。在某次雅集中，汉梁孝王于"忘忧馆"举办盛宴，诸君即席挥毫，赋诗为乐。传闻有位宾客因未能即兴成诗，被汉梁孝王以"罚酒三升"的妙罚轻松处之。因此，这里既是诗酒风雅之地，又是才子墨客饮酒作诗之所。

当年那场盛会，其盛况堪比今日之滕王阁雅集，然而滕王阁之会却更胜一筹，有"气凌彭泽之樽"的美誉。在现代汉语语境中，常言"盛气凌人"，但"气凌"究竟何意？其实，这便意味着咱们此刻在座诸位的酒量与豪情，似乎已超越了那"彭泽之樽"。所谓"彭泽"，乃地名，位于江西省九江市境内，陶渊明曾任职"彭泽令"，且酷爱饮酒。传说彭泽县令依法享有300亩公田，陶渊明上任后要求全部种上酿酒用的高粱，扬言说只要能经常喝酒，就心满意足。后来因为妻子的强烈抗议，才同意拨出50亩改种粮食。王勃此诗所言，实指我们在场众人的酒量，已远超过昔日之陶渊明。

至于"邺水朱华"，邺地乃是曹魏兴起之所，曹植曾在此地参与一场盛大的宴会，并作《公宴》一诗以记之。《公宴》中写道："秋兰被长坂，朱华冒绿池"，其中"朱华"即指红色之花，特指荷花。因此，"邺水朱华"实则暗指曹植所参加的盛宴，以及那一段辉煌的历史岁月。

然而，在场诸位皆"光照临川之笔"，此乃意味着王勃认为吾辈的文才犹如被光芒所照耀，堪比昔日曹植、"临川"之才情。所谓"临川"，即今日江西省抚州市。历史长河中，两位显赫人物曾踏足此地，一为谢灵运，曾任临川内史；一为王羲之，曾位居临川太守。至于"临川"究竟指谁，虽存争议，但归根结底，其旨在赞誉今日与会者，将他们的文采与王羲之或谢灵运媲美，皆为光彩耀人之士。

适才所述，借古时著名雅集以类比今日之滕王阁"胜饯"，同时暗含在座各位，无论酒量抑或文才，均显得更为卓越。究其境界如何？"四美具，二难并"，可见四种难得一聚之美艳已汇聚一堂，而两项难以兼得之事亦在此际得以完美融合。

"四美具"与"二难并"

"二难并"一词，诠释有二。其一，宾主难得齐聚，故称"二难并"。然而，我更赞同其二，即酒量与文才皆不易得，能集饮酒与吟诗于一身者，实为"二难并"。

至于"四美具"，这里有两种解释，一种出典于谢灵运所著《拟魏太子邺中集诗序》："天下良辰、美景、赏心、乐事，四者难并。"四美指的就是"良辰、美景、赏心、乐事"。另一种出典于刘琨所著《答卢谌诗》："音以赏奏，味以殊珍，文以明言，言以畅神，之子之往，四美不臻。"所谓"四美"，即音乐、美食、文学与言辞。音乐因被欣赏而奏响，美食因多样而珍贵，文字用以表达思想，言辞则使精神愉悦。自君离别，四美不复聚。可见今日之"胜饯"，方能将此四难之事汇聚一堂，正是"四美具，二难并"。

王勃将当日雅集比作历史著名之宴，殊不知，此次滕王阁之"胜饯"，或将超越往昔，成为传颂后世的佳话。

古文蒙学阁

文言现象：形容词作名词

在文言文丰富多样的表达方式中，形容词转化为名词是一种常见的语言现象。这种转化使得形容词在句中不再仅承担修饰作用，而是能够作为主语或宾语出现，代表具有某种特定性质或特征的人或事物。

例如，在"四美具，二难并"这一表达中，"美"和"难"这两个形容词实际上代表了具有美好和难得特质的事物。全句的意思是"四种美好的事物都已齐备，两种难得的主宾也已齐聚"。在这里，"美"和"难"分别指代了"美好的事物"和"难得的主宾"。

文言现象：省略与倒装

在文言文的表达过程中，省略与倒装极为普遍，我们读多了之后，慢慢就能熟悉这种语言习惯。在这一段中，我们不能把"睢园绿竹"理解为睢园里的绿竹，我们要把绿竹一词的功能看成定语后置，也就是"绿竹环绕的睢园"，但只理解到这一步，我们依然难以把握整个句子的结构，我们需要把省略的内容补充出来，那就是"今天的滕王阁胜饯，就好像当年在绿竹环绕的睢园举办的盛会一样"。下一句"邺水朱华"结构一样。

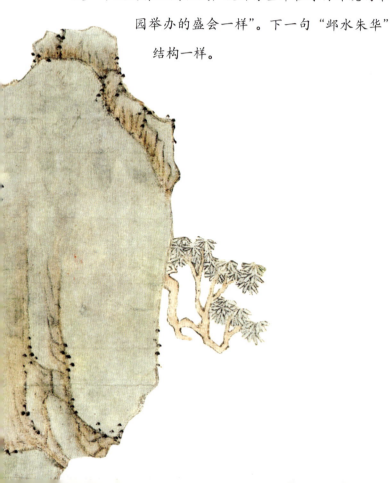

宇宙无穷而盈虚有数

穷睇眄于中天，
极娱游于暇日。
天高地迥，觉宇宙之无穷；
兴尽悲来，识盈虚之有数。

笔锋忽转，乐极生悲

先前提及"四美具，二难并"，王勃将那宴会之盛况描绘得淋漓尽致，然而，他笔锋忽转，借众人狂欢之际，反衬自身之孤寂。

"穷睇眄于中天，极娱游于暇日。天高地迥，觉宇宙之无穷；兴尽悲来，识盈虚之有数。"此言何意？乃自述独观天际之辽阔，"穷"字表示极目远眺，至于视野尽头。"睇眄'"的本意是斜视，此处却意味着四周皆已览尽，故称"穷睇眄于中天"。"娱游"指娱乐交友，意思是说，而在休憩之时，游乐交友亦尽情欢愉。可见"穷"与"极"二字，代表他已经把欣赏风景、结交朋友及娱乐活动做到极致了。

在中国人的哲学里，物至极则反，故在"穷睇眄于中天"之后，王勃感慨人生，"天高地迥，觉宇宙之无穷"。"迥"字，意指遥远，即苍穹之高，大地之远，方悟宇宙之无边无际。"觉"字，代表觉醒、领悟，即作者洞悉了宇宙的浩瀚与无尽。

中国哲学里的"物极必反"思想

在中国人的字典里，宇宙不能被直译作英文"universe"，它有更多的意象。古人云：上下四方曰"宇"，古往今来曰"宙"，即时间和空间都是无穷无尽的。"极娱游于暇日"表示，既然已经玩到了尽头，那么就乐极生悲了。"兴尽悲来"意味着高兴到了尽头，悲伤的心情就从心底涌了上来。这时，王勃才认识到"盈虚之有数"。"盈虚"是指一个人命运的转换，"盈"就是最好的命运。"盈"字是满到溢出的意思，文中用此字意味着由盛转衰。"虚"代表空，所以"盈虚"代表一个人命运的转换。

古文认为，命运是有定数的，这一"数"可以诠释为天命，或者叫命数。王勃为什么要这么写？他是在暗示在座各位，此番聚会乃是古今罕见之盛宴，宾客云集，然而唯独他自己心中感到深深的孤独，因为他自身背负着不幸的命运。他曾经历过欢乐，曾沉浸于娱乐游冶，也曾有过得意时刻，但今日，他自视为遭逢不幸之人。

他巧妙地转变笔锋，即将谈及自己的命运，然而除了乐极生悲外，古训亦云："否极泰来"。倘若你初次接触《滕王阁序》，或许会感叹其深奥复杂，阅读起来困难重重。但只要我们持之以恒，终将迎来"否极泰来"的时刻。

古文蒙学阁

🌿 **文化链接："物极必反"的思想**

在王勃的笔下，"兴尽悲来"与"识盈虚之有数"

深刻地描绘了人的情感由欢乐转向悲凉的过程，同时也反映了对世事无常的深刻认识。这样的情感转变和哲理感悟，与中国古代哲学中"物极必反"的思想不谋而合。

"物极必反"这一理念，源远流长，其思想精髓最早可见于《易经》。《易经》中的乾坤两卦，通过爻的变化，揭示了事物发展到极点必将转向其反面的规律。例如，据《易经》记载，乾卦由初九至五爻，阳气逐渐充盈，到了上九，则转变为"亢龙有悔"，意味着过度的阳刚将导致灾祸。坤卦亦然，从初六至五六，阴柔之德逐渐积累，至上六则变为"龙战于野，其血玄黄"，暗示着阴柔至极也将引发冲突与变革。

后世哲学家将"物极必反"视为一种普遍存在的自然法则和人生哲理。它提醒人们，在任何事情达到顶峰时，我们都应保持警惕，因为极端往往预示着转变。有了这样的心理准备，人们就能更好地应对突如其来的变故，避免因过度自信而导致的灾难。

老子在《道德经》中提出的"祸兮福之所倚，福兮祸之所伏"的观点，正是对这一哲学思想的精辟总结。这句话告诫人们，祸与福是相互依存的，灾祸中可能隐藏着幸福的种子，而幸福中也可能潜藏着灾祸的萌芽。

　　这种观念在后来的成语"塞翁失马，焉知非福"中得到了进一步的体现，这一成语通过一个简单的故事，传达了事物发展变化的不可预测性和事物之间相互转化的深刻道理。

　　王勃的表述与这些古代哲学思想相呼应，不仅展现了他对人生哲理的深刻理解，也反映了中国古代文人对于世事变迁的敏锐洞察和哲学思考。这正如我们常说的，人生就像一盒巧克力，你永远不知道下一颗是什么味道的。通过这样的文学表达，王勃不仅传达了自身情感的波动，更引发了读者对于生活、命运和宇宙规律的深层次反思。

兴尽悲来的
情感转向

望长安于日下，
目吴会于云间。
地势极而南溟深，
天柱高而北辰远。

东南西北四向方位的描绘

　　王勃在前文中提及"兴尽悲来"，开始抒发对人生际遇的感慨，然而他仍旧不忘展示自己的文采。"望长安于日下，目吴会于云间。地势极而南溟深，天柱高而北辰远"，站立于此，向西眺望远方的长安，向东凝望云雾缭绕的吴会，自喻似坐于南方深渊之中，仰望北境之高耸天柱与迢遥北辰。在这方位的描绘中，蕴含着深刻的意义。

　　"望长安于日下"，若依字直译，可解作在夕阳西坠之际，怀想往昔光辉岁月。然而，在此，"日下"并非仅指太阳之下的长安，它亦暗指京城本身，而非单纯的方位或时刻。同样，"云间"不仅指云层之间，云间是华亭市的旧称，这里它还代指"吴会"，既具象表达了地理位置，也隐喻了那个时代的文化与精神所在。

"地势极而南溟深"，王勃以此形容自己置身于遥远深邃的南方海域，宛若处于一片浩渺无垠、深邃莫测之境。庄子所著《逍遥游》中有云："南溟者，天池也。"此处，"溟"字便是大海的意象，暗指那南方的汪洋。他似乎就于此，遥望北方，又见"天柱"高耸。《山海经》记载，昆仑山巅有铜柱直抵苍穹，人称"天柱"。而"北辰"，即北极星，古来被视作航海者的指南，恒定不移。在此处，"天柱"与"北辰"皆隐喻着皇帝，如《论语·为政篇》所言："为政以德，譬如北辰"，意喻以北辰之恒定，象征帝王之治国理念。在此语境中，"天柱"与"北辰"并置，皆暗指皇权之稳固与高远。

至于"日下"与"云间"之所以成为"长安"与"吴会"的别称，其实源自一段流传于《世说新语》中的佳话。书中记载着陆士龙与荀鸣鹤两位当时的名士相互对答的巧妙言辞：荀鸣鹤、陆士龙二人未相识，俱会张茂先坐。张令共语，以其并有大才，可勿作常语。陆举手曰：'云间陆士龙。'荀答曰：'日下荀鸣鹤。'陆士龙自喻为"云间"之人，隐喻其出身之地——吴郡，说自己犹如龙游云际。而荀鸣鹤则自比仙鹤，翱翔于太阳之下，此处的"日下"隐喻京城，因太阳乃帝王之象征，故"日下"即指天子脚下的都城。由于荀鸣鹤乃颍川人，属古都所在，后人便以"日下"泛指京城，以"云间"代称吴郡。

王勃在这东南西北四向的描绘中，巧妙地将自己的情绪从高昂的喜悦转向深沉的忧愁，透露出他"兴尽悲来"中所蕴含的愈发浓烈的悲哀情绪。

古文蒙学阁

🍃 **文言现象：名词用作动词**

在文言文中，名词的灵活运用是一种常见的语法现象，其中名词可以充当动词使用，赋予句子以新的意义和动态。这种用法被称为名词的动词化，即名词通过特定的语境被赋予动词的功能，表达主语对宾语采取的某种行为。

例如，在本文中出现的"目吴会于云间"，其中的"目"字在此处被用作动词，意为"看"或"远望"。整个短语描述了一种行为，即远远地观察吴国的聚会发生在云层之间，展现了一幅宏伟壮观的景象。

再如《鸿门宴》中的"范增数目项王"，这里的"目"字又一次被用作动词，意为"看"。短语中的"数"字作为副词，修饰动词"目"，表明动作的频繁性，即范增多次观察项羽。而"项王"则是"目"这个动词的宾语，指出了观察的对象。

通过这些例子，我们可以看到，名词的动词化在文言文中是一种富有表现力的修辞手法，它不仅丰富了语言的表达方式，也增加了句子的动态性和形象性。这种用法使得文言文更加精炼和生动，同时也体现了古代文人对于语言运用的高超技巧和创造力。

失路之人的真实写照

关山难越,
谁悲失路之人;
萍水相逢,
尽是他乡之客。
怀帝阍而不见,
奉宣室以何年?

对仗中的人生无常

王勃在《滕王阁序》中，将人生命运的无常描绘得淋漓尽致。"关山难越，谁悲失路之人"，他将人生的艰辛比作连绵不绝的高山险关，一重又一重，难以逾越；"萍水相逢，尽是他乡之客"，他又将生命的漂泊喻为水面上的浮萍，随波逐流，无法自主。

"关山难越"，此处"关山"指的是崇山峻岭之中的关隘，这些"关"往往设立于山路最为险峻之处，攀登之难，非同小可，故有"关山难越"之说。"谁悲失路之人"，谁会同情那迷失于人生道路的人呢？在此，失路之人便是王勃对自己的写照。而"萍水相逢"，则意味着人生如同水上漂浮的萍叶，随风漂泊，随浪而动，无人能主宰自己的命运。因此，我们都是身处异乡的过客，"尽是他乡之客"，这不仅是对在座的每一位宾客的

北宋 _ 燕肃 _ 关山积雪图

描述，也是对每个人在人生旅途中的过客身份的深刻隐喻。

在这句中，我们可以看到精妙的对仗："关山"与"萍水"相对，象征着"山"与"水"；"难越"与"相逢"相映，暗示着困境与相遇。如此对仗，不仅在形式上呈现出和谐之美，也在意义上表达了人生的对立与统一。既然难以跨越，那么在此，我们已然"相逢"，相聚于此。

"谁悲"一词说的是，在这世间，罕有人能体会到失路者的孤独与无助，仿佛无人会施以同情之手。而"尽是"，则描绘了眼前所见，无不是异乡的游子，满眼皆是身处他乡的过客。这里的"无"与"有"形成鲜明对比，"失路之人"与"他乡之客"之间进行对仗，不仅在形式上对称均衡，更在意境上形成了强烈的对照。

在这两段文字中，"失路之人"不仅是王勃自身的写照，也反映了每一个年轻人在生命必经的充满迷茫的青年时代的真实心境。我们每个人都要站在人生的十字路口，面对重重困难，如同攀登险峻的山峰，每越过一重山峦，又面临一道新的关卡，这是一场关关难过的挑战。而当我们选择随波逐流时，我们就像雨中的浮萍，被命运的风雨推搡，无法自主地在广阔的人生海洋中漂泊。在这样的困境之中，我们是应当坚持不懈地攀登，还是顺应潮流，任凭命运的安排？相信每个人对此都有着不同的见解与选择。

对人生境遇的隐喻

至于"怀帝阍而不见，奉宣室以何年"，这两句表达了一种"报国无门"的无奈。王勃借用了屈原和贾谊的生平，作为自己人生境遇的隐喻。字面上看，他渴望朝见帝王却苦无机缘，期望效力朝廷却不知时日。然而，这样的解读过于直白，未能触及其深层含义。那么，"帝阍"究竟指的是什么？

"帝阍"是指守护天宫门户的神仙。在《离骚》中，屈原曾写道："吾令帝阍开关兮，倚阊阖而望予。"这里，屈原请求守门的仙官打开天门，让他得以进入。守门的仙官倚靠着天宫的大门呆呆地望着他，门却始终未开，因此屈原无法见到天帝。这象征着无论屈原多么怀念

楚怀王，他都无法再次与之相逢。

在《史记·屈原贾生列传》中，司马迁记载了贾谊的经历："后岁余，贾生征见。"这是说在贾谊创作《鵩鸟赋》一年多之后，他被孝文帝召见。当时的情境是，"孝文帝方受釐，坐宣室"（出自《史记·屈原贾生列传》），意为孝文帝正参与一项祭祀活动并刚刚完成"受釐"这一祭礼，而当时他恰好身处于未央宫中的"宣室"。

司马迁将屈原与贾谊并列于同一列传之中，这背后的原因是两人的人生轨迹有着惊人的相似之处。他们都是少年得志，才华横溢，深受君王的赏识和重用。然而，由于宫廷中的嫉妒与排挤，他们的命运均走向了衰败。贾谊甚至撰写了《吊屈原赋》，以此表达对屈原命运的哀悼，同时也反映了自己人生的悲凉。

王勃在此引用屈原与贾谊的生平，将其作为自己人生境遇的隐喻。如果诸位阅读过或有兴趣阅读《史记·屈原贾生列传》，必将对王勃的命运有更为深刻的理解。因此，这两句诗可被解读为王勃渴望寻找那位能为他开启天宫之门的"帝阍"，却苦寻不得。他期待着

失路之人的真实写照

再次被"宣室"召见，却无法预知何时才能有此荣幸，"奉"在这里便指的是受到皇帝的召见。

简单总结一下，上文所述可划分为两个主题：前半部分抒发了"人生无常"的感慨，后半部分表达了"报国无门"的无奈。随着论述的深入，接下来我们将引入更多的历史典故，敬请诸位做好心理准备，跟随我一同深入探索，从王勃的人生经历中寻找能与自身产生共鸣的片段。

古文蒙学阁

🍃 **文化链接：蒙卦的象征意义**

"关山难越"与"萍水相逢"象征着一种山高耸立、

水低流深的景象，在《易经》中被赋予了特殊的意义。它呈现为艮上坎下的排列，构成了"蒙卦"。《易经》中解释："山下出泉，蒙。"这里的"蒙"，意味着视线不清，心智未明，正处于一片迷茫与混沌之中。因此，我们在幼年时期求学，被称作"发蒙"或"启蒙"，正是与这一卦象息息相关，寓意着从模糊走向清晰的成长过程。

蒙卦是《易经》所记载的"六十四卦"中的第四卦，它象征着启蒙，是亨通的意思。卦辞开门见山，意思是："不是我有求于幼童，而是幼童有求于我，第一次向我请教，我有问必答，如果一而再、再而三地没有礼貌地乱问，则不予回答，利于守正道。"

蒙卦的结构是下坎上艮，想象一下，就像是你在爬山，山下有条河，虽然有点险，但你还是决定勇往直前。这种精神就是蒙卦的精髓——虽然有点蒙昧不明，但就是要不断探索，持续前进。王勃在他的作品中引用蒙卦，就像是在说："不管前路多么蒙昧，我都要坚守正道，不断前进，寻找光明。"

这个卦就像是古代的至理名言，提醒我们在追求知识和真理的路上，要有耐心，要有礼貌，要有勇气。王勃通过蒙卦表达了自己坚定的理想和信念，即使面对未知和困难，也要保持正道，不断探索，直到找到心中的光明。

🍃 文化链接：跨时空的文学对话

《史记·屈原贾生列传》这部传记作品巧妙地将屈原与贾谊这两位历史人物的故事编织在一起。尽管他们生活在不同的时代，但他们的命运却有着惊人的相似之处。他们都拥有着超凡的才华和旺盛的志气，却同样因为忠诚而被贬黜，政治上屡屡受挫，但在文学领域却取得了非凡的成就。正是这些共同点，使得司马迁将他们的传记合二为一，成为后世传颂的佳话。

王勃在《滕王阁序》中引用了"屈贾谊于长沙，非无圣主"这句话，直接从《史记·屈原贾生列传》中汲取灵感，体现了该传记对王勃及其作品的深远影响。王勃通过提及屈原和贾谊这两位怀才不遇的历史人物，表达了自己对于才华未被时代所重用的深刻感慨。屈原，作为楚国的忠贞之臣，因坚持己见而遭受放逐；贾谊，西汉时期的政论家和文学家，因直言进谏而遭受贬谪。王勃借用他们的不幸遭遇，隐喻自己的处境，抒发了对于不公命运的哀怨之情。

此外，《滕王阁序》中的"屈贾谊于长沙"一句，也反映了王勃对于历史人物命运的深刻思考。他通过对比屈原和贾谊的不幸遭遇，表达了对于忠诚与才华被时代所忽略的深切悲哀。这种对于历史人物的评价，不仅展现了王勃的历史观，也反映了他对于个人命运与社会

失路之人的真实写照

现实的复杂情感。

最后，王勃在《滕王阁序》中对屈原和贾谊的提及，也是对文学传统的一种继承与发展。屈原的《离骚》和贾谊的《吊屈原赋》都是中国文学宝库中的瑰宝。王勃通过引用这些经典之作，不仅向文学前辈表示敬意，也将自己的文学创作与悠久的文学传统紧密相连，展现了他在文学上的雄心壮志和不懈追求。这种跨越时空的文学对话，不仅丰富了王勃的作品内涵，也使得他的文学成就更加光彩夺目。

第三章

王勃的自我觉醒

自我觉醒

老当益壮，穷且益坚

冯唐的故事

嗟乎！时运不齐，
命途多舛。
冯唐易老，
李广难封。

人生的无常与命运的多变

王勃在《滕王阁序》中将人生的无常与命运的多变描绘得淋漓尽致。

这其中蕴含了几个关键词汇，让我们先来解读"时运不齐"一词。有说法认为，这里的"齐"应当读作"qí"，意味着命运极为坎坷不平。然而，无论其原始读音如何，现今我们普遍表述为"命运不济"或"时运不齐"，因此我们可以将其理解为通用的"济"。即使古时它的读音可能是"qí"，时至今日，我们也已将其讹音转正，读"jì"。

至于"命途多舛"，"舛"指的是不顺遂，表明作者的命运之路始终充满波折。究竟王勃是如何体现出"时运不齐"和"命途多舛"的呢？他借鉴了两位历史人物的人生经历，将其作为自己人生隐喻的一部分，那就是

"冯唐易老，李广难封"。

冯唐易老的典故

在这一课的探讨中，我们将重点了解"冯唐"的故事。据传，冯唐在九十余岁高龄时，终于接到了汉武帝的旨令，召他入朝为官。然而，由于年事已高，他未能实际赴任，这便是"冯唐易老"的由来。考虑到汉朝时人均寿命仅约二三十岁，冯唐能在九十岁高龄被召入官场，可谓"时运不齐"。在此，我们将进一步探究冯唐的生平，分析他何以在如此年纪仍有机会做官。

《史记·冯唐列传》中记载：冯唐者，其大父赵人。父徙代。汉兴徙安陵。唐以孝著，为中郎署长，事文帝。文帝辇过，问唐曰："父老何自为郎？家安在？"唐具以实对。文帝曰："吾居代时，吾尚食监高祛数为我言赵将李齐之贤，战於钜鹿下。今吾每饭，意未尝不在钜鹿也。父知之乎？"唐对曰："尚不如廉颇、李牧之为将也。"上曰："何以？"唐曰："臣大父在赵时，为官率将，善李牧。臣父故为代相，善赵将李齐，知其为人也。”上既闻廉颇、李牧为人，良说，而搏髀曰：“嗟乎！吾独不得廉颇、李牧时为吾将，吾岂忧匈奴哉！”唐曰：“主臣！陛下虽得廉颇、李牧，弗能用也。”上怒，起入禁中。良久，召唐让曰：“公奈何众辱我，独无间处乎？”唐谢曰：“鄙人不知忌讳。”

冯唐的祖父是战国时期赵国人。到了汉文帝时代，冯唐的家族已经经历了战国、秦朝，最终定居于汉文帝治下的安陵。冯唐的父亲曾迁移至“代”地。

冯唐以孝顺著称，他在汉朝这个强调孝道的朝代中，常提及自己的祖辈，因为冯唐出身于一个显赫的家族。他的官职是“中郎署长”，虽然只是一名小官，但负责在皇宫内辅佐皇帝，有一定的规劝职责。他曾侍奉有“经天纬地曰文”之称的汉文帝，这位皇帝以其政绩卓越而闻名。

有一次，汉文帝乘坐辇车经过时，询问冯唐：“父老何自为郎？家安在？”这里的“父老”是对年长男性的尊敬称呼，并非现代意义上的父老乡亲。冯唐如实回答了皇帝的问题。

汉文帝继续说："吾居代时，吾尚食监高祛数为我言赵将李齐之贤，战於钜鹿下。"他回忆起在代国的时光，他的尚食监高祛曾多次向他推荐赵将李齐的贤能，特别赞扬其在巨鹿之战中的英勇表现。那场战役是秦国灭掉赵国的关键性战役。汉文帝怀念地说："今吾每饭，意未尝不在钜鹿也。"表明他对过往战事的追忆与感慨。最后，他问冯唐是否认识李齐，这里的"之"是代词，指代李齐。

在那一刻，一般人的回答思路都是，皇帝看人很准，李齐非常优秀，李齐的品质非常值得后人学习之类的客套话。而冯唐的回答是："尚不如廉颇、李牧之为将也。"他很不客气地表示李齐赶不上廉颇和李牧那样的杰出将领。皇帝听后，可能感到有些不悦，便追问："何以？"即皇帝问冯唐有何依据如此评断。"何以"就是"以何"，"以"就是凭借之意。 冯唐则回答说："臣大父在赵时，为官率将，善李牧。"他提到自己的祖父在赵国时就是一位名为"官率将"的官员，并与李牧关系良好。冯唐继续陈述，他的父亲曾任代国的相国，与赵将李齐也有深厚的友谊，因此他对这两位将领的能力非常了解。

汉文帝听闻廉颇和李牧的事迹后，心情大悦，兴奋地拍打着大腿说："嗟乎！吾独不得廉颇、李牧时为吾将，吾岂忧匈奴哉！"皇帝表达了对这两位名将的赞赏，以及如果他们在自己麾下，对抗匈奴将不在话下的遗憾。然而，冯唐却直言不讳地指出："主臣！陛下虽得廉颇、李牧，弗能用也。""主臣"这个词在这里不太好理解，是表示一种臣子要说一些过格的话之前，表示自己惶恐的发语词。这句话的意思是："容臣斗胆说一句，即使您能够得到这样的名将，也未必能够恰当地运用他们的才能。"这番话让汉文帝感到愤怒，他起身回到禁中。禁中是皇帝的私人居所，外人不得随意进入。

经过一段时间的冷静，汉文帝召见了冯唐，并责备他说："公奈何众辱我？"皇帝质问冯唐为何要在众人面前羞辱他，而不是私下提出。冯唐为此道歉，承认自己没有考虑到皇帝的感受。

王勃之所以讲述冯唐的故事，是因为冯唐因直言得罪了汉文帝，而王勃自己也因触怒唐高宗李治而被逐出沛王府。他们都因触犯了皇权而遭受了不幸，因此王勃用"冯唐易老"来形容冯唐的经历，同时也隐喻了自己的遭遇。至于李广的"难封"，我们将在下文中继续探讨。

冯唐的故事

古文蒙学阁

文言现象：同义复词

在古代汉语中，有一种独特的修辞手法，那就是将意思相同（或相近）的两个词或两个短语连用，以强化表达，这种现象被称为"同义复词"或"复语"。这种用法在古代文学中十分常见，它通过重复相似的词语，增强了语言的表现力和感染力。

例如，在"父老何自为郎，家安在"（出自《史记·冯唐列传》）这句话中，"父老"是由两个对老年男性表示尊敬的词组成的同义复词。作者把这两个词合并使用，表达了对年长者的尊敬。在翻译或解释时，我们可以将这两个词视为一个整体，理解为对老年男子的一种尊称。

再比如，《邹忌讽齐王纳谏》中的句子："能谤讥于市朝，闻寡人之耳者，受下赏。"这里的"谤"和"讥"都是指责、批评的意思，它们连用在一起，加强了批评的语气。在翻译时，我们可以将这两个词合并理解为在公共场所对文中的"我"的过失进行批评，并使"我"得知的行为。

同样，在李白的《赠汪伦》中有这样的表述："李白乘舟将欲行，忽闻岸上踏歌声。"这句话里的"将"和"欲"都是表示"将要"的意思，它们在一起使用，表达了李白即将乘舟离去的动作。在现代汉语中，我们可以将其翻译为"李白正要乘舟离去"。

古代的文人们可不是随便说话的，他们在用词上可是下足了功夫的，就像是在雕刻一件艺术品，对每一个字都要精雕细琢。这种对语言的精心打磨，让文学作品的表达效果大大提升，就像是给文学作品穿上了一件华丽的外衣，使其既美观又能打动人心。

通过这些精心设计的同义复词，古代文学作品所传递的情感和思想更加深刻，就像是作者在对读者说："看看，我有多用心！"同时，这也给现代人提供了一个全新的视角，让我们能够更好地理解和欣赏那些古老的文字，用现代的眼光去发现古代文学的新鲜魅力。

冯唐的故事

李广的命运

嗟乎！时运不齐，
命途多舛。
冯唐易老，
李广难封。

李广难封的典故

在《滕王阁序》中，王勃以深邃的笔触描绘了人生的无常和命运的多变。在前文中，我们提到了"时运不齐，命途多舛，冯唐易老"。这一篇，我们将继续探讨"李广难封"的含义。

据《史记·李将军列传》记载，李广将军是陇西郡成纪县人，陇西郡即今天的甘肃一地。他的祖先名为李信，是秦朝的一位将军。李信曾经夺得了燕太子丹的头颅，为秦国立下大功。

李广的家族原本居住在槐里，后来迁移到了成纪。据说，李白的祖先也来自成纪，并且同样姓李。李广的家族世代擅长射箭，他的兄弟亦是如此。李广家族世世代代都接受射箭训练，所以很多人都是神箭手，其中也包括李广的弟弟。《史记·李将军列传》中记载："孝文帝十四年，匈奴大入萧关。"文帝十四年时匈奴大举侵入了"萧关"。"大"是副词，形容大规模地、非常严重地侵入了"萧关"。"萧关"是当时的一个关口，是连接关中平原和西北部匈奴之间的一条咽喉要道。

李广以良家子弟的身份参军，去和胡人开战。汉朝有一个很有意思的现象，很多将领都是"六郡良家子"，《汉书·地理志》中记载："汉兴，六郡良家子选给羽林、期门，以材力为官，名将多出焉。""六郡良家子"一词中的六郡指的是凉州的天水、陇西、安定三郡，以及朔方的北地、上郡、西河三郡。李广凭借卓越的射箭技术，斩杀和俘虏了许多匈奴人，因此被封为汉中郎 。汉中郎是官职名，官职不高。《史记·李将军列传》中记载："尝从行，有所冲陷折关及格猛兽。"这是说他曾经"从"文帝一起出行，一起征战。

"冲陷折关"这四个字，蕴含着丰富的意义，描述了李广与文帝并肩作战的场景。在"冲陷"一语中，"冲"是指冲破，"陷"是指陷阱。"折关"的"折"是指折断，"关"是指门后的那个门闩，是说把这个门闩都给折断了，意思是突破了层层的关卡。这句话形象地描绘了他们如同破竹一般，一路突破重重关卡的英勇姿态。李广不仅带兵打仗很勇猛，而且还"及格猛兽"，意思是徒手就跟猛兽搏斗。"格"是指击打，而不是指射箭。

在历史的长河中，有些英雄注定与封侯失之交臂，李广便是其中之一。文帝在评价李广的功绩时，不禁感慨万分，他叹息道："惜乎，子不遇时！如令子当高帝时，万户侯岂足道哉！"（出自《史记·李将军列传》）这段话充满了无奈和惋惜，意味着李广虽然英勇非凡，却生不逢时，未能在他最擅长的战场上获得最高的荣誉。

文帝接着设想，如果李广能够生活在汉高祖刘邦所在的那个时代，他的军事才能和勇气将会得到更加充分的发挥。在那个开疆拓土、英雄辈出的年代，李广的才华定能得到更高的赏识，封侯对于他来说，将是轻而易举的事情。文帝用"万户侯岂足道哉"来形容，就是说，如果李广生于高祖时期，世人对他的成就的肯定远不止封万户侯那么简单，他的名字将会载入史册，他将成为后人敬仰的英雄。

然而，命运弄人，李广并未能遇到这样的时机。他的一生，虽然充满了战斗和荣耀，但他始终未能达到被封侯的高度。这种"子不遇时"的命运安排，让人不禁为他感到遗憾。文帝的这番话，不仅是对李广个人的惋惜，也是对那个时代所有未被时代所赏识的英雄的一种哀悼。李广的故事，成为历史上一个永恒的话题，让人们在感叹英雄的同时，也对命运的无常和时代的无情有了更深的体会。

司马迁评价道："《传》曰：'其身正，不令而行。其身不正，虽令不从。'"（出自《史记·李将军列传》）这两句话说的是《论语》里是这样评价一个人的：如果他的这个人品很"正"，他就算不发布命令，底下的人也是会跟随他去行动的。如果这个人的人品不正，就算他发布命令，手下的人也不会和他一条心。在史料的评价中，李广将军带兵时非常讲究"身先士卒""上下同欲"，他把所有好吃的、所有的奖赏都分给了底下的人，是一位能够跟士卒同心的好将领。

王勃通过将李广将军的命运与自己相比较，表达了对于人生无常、命运多舛的感慨。这样的比喻不仅展现了王勃对李广将军的同情，也反映了他对自身境遇的无奈和哀叹，将人生的不可预测性表达得淋漓尽致。

察觉命运中的
不可抗力

屈贾谊于长沙,

非无圣主;

人生没有"如果"

王勃在《滕王阁序》中，淋漓尽致地描绘了人生的起伏无常，他感慨万千地写下了那令人唏嘘的词句："嗟乎！时运不齐，命途多舛，冯唐易老，李广难封。"这不禁引人深思，当王勃回顾往昔，除了对自身遭逢的不幸深感哀叹，是否也察觉到了自己命运中的某些必然性呢？

正是他的性格，成了他命运中不可抗拒的因素。在这样的自我觉醒中，王勃开始反思自己的人生历程，并提出了深刻的疑问："屈贾谊于长沙，非无圣主；窜梁鸿于海曲，岂乏明时？"在此，他并不是在否定时代的明君，也不是在质疑时代的明智，而是在承认，是自己的过错导致了人生的波折。然而，人生并无"如果"，我们无法回到过去更改那些决定性瞬间。

贾谊的时代命运

当我们将目光投向年轻气盛的贾谊，不难发现他与王勃在性格上的相似之处，他们都有一种超越常人的才情和激情，但同时也都面临着命运的严峻考验。

《史记·屈原贾生列传》中记载："贾生名谊，雒阳人也。年十八，以能诵诗属书闻於郡中。"这里讲述了贾谊的姓氏是贾，名字是谊，出生于雒阳。关于"雒阳"这一称呼，背后还有一段历史趣闻。在东汉时期，由于人们认为汉朝属于"火德"，为了避开水的象征，便将"洛"字改为了"雒"字。然而到了曹魏时代，国家的德性被认为是"土德"，于是又将"雒"字改回了我们现在所熟悉的带三点水的"洛"，也就是今天所说的洛阳的"洛"字。

贾谊在他十八岁那年，就已经以其卓越的文学才华在河南郡中声名鹊起。

《史记·屈原贾生列传》中记载"吴廷尉为河南守，闻其秀才，召置门下，甚幸爱。""吴廷尉"是一个人，他的官职是廷尉，属于中央官。吴廷尉在河南当郡守的时候就听说贾谊才华横溢，把贾谊召到了自己的门下，非常宠爱他。

在孝文皇帝刚刚继位之际，吴廷尉便怀揣着对国家未来的宏图伟志，开始在四海之内搜寻杰出人才。《史记·屈原贾生列传》记载："闻河南守吴公治平为天下第一。"这句话说的是孝文皇帝听闻河南郡守吴公政绩卓越，被誉为"治平之术"的佼佼者。那么，"治平"究竟指的是什么呢？在儒家经典中，有所谓"修齐治平"的说法，即修身、齐家、治国、平天下的理念，这里的"治平"正是指一个人在政治治理上达到了极高的水平。这位吴公不仅在政治治理上有着非凡的才能，而且他还曾经与历史上著名的政治家李斯是同乡，并且在政治事务的处理上向李斯学习，吸取了许多宝贵的经验。廷尉是一个极为重要的官职。因此，我们所说的吴廷尉，便是他在被征召之后担任的职位，这一职位在当时的政治体系中有举足轻重的地位。

吴廷尉在得知汉文帝广纳贤才的消息后，便向他推荐了才华横溢的年轻人贾谊。他对文帝说，贾谊虽然年纪轻轻，却已经深入研究并精通了诸子百家的著作。

汉文帝对吴廷尉的推荐很感兴趣，随即召见了贾谊，并将他任命为博士。在这里，我们需要注意，汉代的"博士"与现代的博士的概念有所不同。当时的博士并不只是学术界的研究者或教师，而是太学里的官员，他们的职责是教授学生，同时他们也是皇帝的重要顾问。这一职位要求他们必须具有广博的知识和深厚的学问，即所谓"博古通今"。

当时贾谊刚刚二十多岁，是所有博士里最年轻的。这在汉朝的博士群体中是非常罕见的，因为当时的博士通常是经验丰富、学识渊博的人物，如董仲舒等人。贾谊能够在如此小的年纪就获得这样的荣誉和地位，足以证明他的才华和学识是多么出众。

每当皇帝下达诏令，召集群臣共议国事之时，那些资深的博士常常难以发表意见，或许是因为他们被岁月磨得迟钝，或许是因为他们对于复杂的时政问题感到无从下手。但是《史记》记载："每诏令议下，诸老先生不能言，贾生尽为之对。""每诏令议下"一语中的"下"，作状语用，此句实际上指的是皇帝的命令下达之后的情形。所以，我们可以将这个状语稍作调整，理解为"每次皇帝的诏令下达后让大家讨论"。"贾生尽为之对",说的是贾谊为他们每一个人都写下了对答之话。"人人各如其意所欲出。诸生於是乃以为能不及也。"他所写的回答,仿佛是洞察了每个人内心深处的想法,每位博士都感到贾谊所表达的正是他们自己想说出的话。

实际上,这些资深的博士可能并没有完全梳理清楚自己的想法,但贾谊却具备了一种独特的能力,他能够深刻地洞察并表达出每位老先生内心的真实想法。这种能力在现代职场中同样显得非常宝贵,它能让年轻的员工在团队中脱颖而出。

这些博士在经历了这件事情后,开始认识到自己在才能上无法与贾谊相提并论。这里的"能不及",直接表达了他们认为自己的才智无法与贾谊匹敌的意思。这不仅是对贾谊才华的认可,也反映了他们对自己能力的清醒认识。贾谊的这种超凡的技能,不仅在当时受到了赞誉,其影响力甚至延续到了现代,成为许多年轻人在职场中追求的目标。但如果看多了历史剧,你也许会暗自替贾谊捏把汗了,那些老博士真的啥也不懂吗?未必。

孝文帝非常高兴，很欣赏贾谊的才华，贾谊经过一年半就被提拔到了"太中大夫"的官职，这个官职比"博士"大一点。

随着时间的推移，贾谊在朝中的影响力日益增强，他开始承担起更多的责任，为皇帝出谋划策，参与颁布政令，甚至参与修订法律的工作。这一时期极其重要，因为汉朝刚刚走过了它建立的头二十年，国家虽然已经初步安定，但许多政策和法律仍然需要进一步的完善和调整。在这样的背景下，贾谊的角色显得尤为关键。

然而，在处理国家大事的过程中，贾谊不知不觉地触动了一些权贵的利益。他提出了一个建议，让当时被封为王的贵族返回各自的封地，而不是留在中央政府。这一建议无疑是出于对国家稳定和长远发展的考虑，它却触动了诸侯王的实际利益，因为这些王公贵族在中央的存在有助于他们维护和扩大自己的势力。

随着贾谊的影响力的增强，汉文帝决定将他提拔到更高的职位，即将他升至公卿之位，这是国家高层官员的职位，这意味着贾谊将成为国家决策层的重要成员。然而，这一决定却遭到了一些当权派的强烈反对。据考证，"绛、灌、东阳侯、冯敬"等人，都是当时权势显赫的人物，他们并不是陷害贾谊，而是嫉妒他的才华和影响力。这种嫉妒并非出于个人恶意，而是因为贾谊的崛起可能会动摇他们在朝中的地位和权力。

这些反对贾谊的人物，都是汉朝早期的重要政治人物。"绛"，即绛侯周勃，当时担任着丞相的职位；而"灌"，也就是颖阴侯灌婴，担任太尉，这两位都是随汉高祖刘邦征战沙场、建立汉朝的功勋元老。至于"东阳侯"，他的家族世代都是军事将领。而冯敬的官职是"典客"，后来成了御史大夫，他的家族同样有着武将的背景。因此，朝中的文武百官，尤其是这些被封为"侯"的贵族元老，对贾谊产生了不满。

对于汉文帝来说，面对这样的局势，确实是一个棘手的问题。如果力保贾谊，那么就意味着得罪了这些权势显赫的"侯"，这是不可行的。因此，在这些人对贾谊怀有嫉恨之时，他们开始攻击贾谊，指责他的缺点。他们说贾谊是"年少初学"（出自《史记·贾生传》），暗示他年纪轻轻，才学尚浅，却企图"专欲擅权"（想要独揽大权）。这种说法在当时的语境中通常带有贬义，

意味着贾谊的行为可能导致朝政混乱。

面对这样的压力，汉文帝也不得不逐渐与贾谊保持距离，因为毕竟贾谊已经得罪了太多有势力的人。如果皇帝继续支持他，可能会危及自己的地位。因此，汉文帝开始不再采纳贾谊的建议，并将他派往长沙国，任命他为长沙王的太傅。太傅这个职位，可以理解为皇帝的老师，负责教导诸侯王。长沙王是汉朝分封的诸国之一、长沙国的国王。这一调动的实际是将贾谊从中央政权的核心圈层中移除，以缓和朝内的矛盾。

长沙国在汉朝的历史中确实有其特殊之处。该国的开国皇帝名为吴芮，然而在《史记》中，关于汉初的八个王，司马迁只为其中的六个王撰写了传记。因为燕王曾经犯上作乱而被排除在外，司马迁没有为其立传。而长沙王也同样没有被记载在《史记》中，至于为何没有为长沙王立传，这至今仍然是一个未解的历史之谜。

回到正题，"屈贾谊于长沙，非无圣主"，这句话的意思是，贾谊虽然在长沙担任太傅，受了委屈，但这并不是因为汉文帝不够圣明，而是由于贾谊自己年轻时树敌过多，得罪了太多的权贵。换言之，这并非皇帝的不明智，而是贾谊自己的行为所导致的结果。从这一点来看，当王勃提到这段话时，他也开始反思自己在年轻时期是否过于激进，自己无论是在言谈、行文还是处理事务上，可能都显得过于尖锐，从而引发了不必要的矛盾和冲突。

王勃对青春岁月
的反思与注解

窜梁鸿于海曲，

岂乏明时？

对人生的一次重要回顾和总结

　　王勃的《滕王阁序》不仅描绘了滕王阁的壮丽景色，更是深刻地表达了人生命运的无常。在这篇文采飞扬的作品中，王勃回顾自己走过的人生路，他认为自己受到挫折并非完全因为"时运不齐，命途多舛"，而是承认自己在年轻时过于轻狂，未能深刻理解社会的运行规律，没有妥善处理人际关系。

　　当我们的视线移至《滕王阁序》的后半部分，可以感受到王勃开始对自己的人生进行深刻的反思。他提到了贾谊被贬至长沙，这并不是因为当时的皇帝不够圣明，而是因为贾谊年轻时的行为导致了这个结果。这一认识，对于王勃来说，是对自己人生的一次重要的回顾和总结。

梁鸿与王勃的相同点

接下来，我们要探讨的是"窜梁鸿于海曲，岂乏明时"。这句话中的"窜梁鸿于海曲"描述了梁鸿被迫隐居至海边的一个偏僻之地。这里的"窜"字，意味着隐匿或逃避，而"海曲"就是今天的山东省日照市，从历史上看，此地应该是梁鸿可以向东逃窜的尽头了。而"岂乏明时"则是在问，难道是因为那个时代缺乏清明的政治吗？"明时"在这里指的是政治清明、社会稳定的时期。

我们再来深入探讨一下"窜"这个字。在繁体字中，它写作"竄"，上方是一个"穴"字头，下方则是"鼠"字，象征着老鼠。我们常说的成语"抱头鼠窜"，形象地描述了老鼠在洞穴中来回逃窜的情景。

梁鸿和王勃虽然生活在不同的时代，但他们的年少轻狂却有着相似之处。

根据《后汉书·梁鸿传》的记载，梁鸿，字伯鸾，是陕西扶风平陵人。他的父亲名为梁让，在王莽篡权时期担任城门校尉，这是一个较低的职位。在那个动荡的时代，梁让被封为修远伯，伯的爵位，按照古代的等级划分，属于"公侯伯子男"中的第三等。

《后汉书·梁鸿传》记载："始奉少昊后"，这里的"后"作状语，修远伯的职责之一是奉祭"少昊"，"少昊"也是三皇五帝之一。这里要注意的一个字是"后"，"后"的本义是君主、部落首领，和"皇"的意思差不多。梁让最终在北地郡去世，这个郡名也表明了他居住的地方。当时梁鸿还很年轻，由于身处乱世，家中并无余财，因此只能用草席将父亲简单安葬。

后来，梁鸿在太学接受教育。太学是古代中国的高等学府，相当于现在的大学，是培养官员的摇篮。梁鸿在太学的一段学生生活，可能也是他性格形成和思想发展的重要阶段。

太学在汉朝是最高学府的象征，它汇聚了当时最杰出的学者和最丰富的学术资源。我们之前提到的贾谊，便曾在这所学府中担任博士的职位。梁鸿的家庭虽然不富裕，他却持有高尚的节操，即便在物质匮乏的情况下，也保持着坚定的志向和高远的理想。

梁鸿广泛阅读了各类图书，对各个领域都有深刻的理解和洞察。尽管他知识渊博，却不愿意从事"章句"的工作。所谓"章句"，是指当时的经学家对古代圣贤的文章进行注释和解读的工作。这种工作在当时被视为学术研究的基础和重要组成部分，梁鸿却不愿以此为业。

梁鸿选择的生活方式

那么，梁鸿选择了什么样的生活方式呢？据《后汉书·梁鸿传》记载，"学毕，乃牧豕于上林苑中"。学成之后，他选择在上林苑中养猪。这样的选择在今天看来可能有些不同寻常，梁鸿的行为显示了他独特的个性和对传统路径的非传统选择，也反映了他对于个人自由和独立思考的重视，即使这可能让他显得与众不同。

让我们将这段历史的镜头快速推进。《后汉书·梁鸿传》中记载：因东出关，过京师，作《五噫之歌》曰：'陟彼北芒兮，噫！顾览帝京兮，噫！宫室崔嵬兮，噫！民之劬劳兮，噫！辽辽未央兮，噫！'肃宗闻而非之，求鸿不得。"因东出关，过京师"描绘的是一个人某日从东方通过函谷关，途经当时的京城洛阳去办理一些事情。在那个时代，洛阳是政治和文化的中心，也是繁华的象征。

在这个背景下，他创作了一首名为《五噫之歌》的诗歌。"陟彼北芒兮，噫！"这句歌词中，他表达了攀登北邙山时的深深感慨。"噫"是表达情感的叹词，类似于今天河南方言中的用法，比如"噫，弄啥嘞？"用来表达惊讶或疑问。

"顾览帝京兮，噫！"他眺望着帝王的首都，再次发出感慨的声音。"宫室崔嵬兮，噫！"他对那些高大宏伟的宫殿建筑表示赞叹，用"崔嵬"来形容其高大而壮观的外观。这个词在现代汉语中也常用来形容雄伟的建筑或自然景观。

"民之劬劳兮，噫！"这句唱出了对普通百姓辛勤劳动的同情和关切。"辽辽未央兮，噫！"这句歌词描绘了一种辽阔无垠、永无止境的景象，但不知是在描述宫殿的宏伟还是人民的辛劳。"未央"的央字本义就是中央，未央就是没到一半，但在这里，"未央"表达的意思是没有尽头或永不结束。

因为汉武帝建造的未央宫，本义是指在这里通宵达旦地工作，不论几点，都没有结束的时候，后世，人们就用未央来表示永远不会结束的意思。我们从汉代出土的瓦当上常发现刻有"长乐未央"四字。

在古代的朝堂之上，一句话的分量往往能决定一个人的命运。梁鸿轻描淡写地抒发了自己的心声后，便潇洒地转身离去，留下一席话语在空气中回荡。然而，这番率性的发言触动了皇帝肃宗的敏感神经。"肃宗闻而非之"。得知这番话语的肃宗心生不悦。毕竟，皇帝大兴土木肯定都有他自己的理由。他想要找到梁鸿，与之当面论辩一番，但天意弄人，"求鸿不得"，梁鸿仿佛人间蒸发，无迹可寻。

那么，梁鸿究竟去了何方？原来，他选择了隐姓埋名，将自己原本的姓氏更换为"运期"这个罕见的复姓，取名耀，字侯光。这样的改名似乎预示着他对未来的期望，希望自己的真才实学能够得到展现，光芒四射。他的这一行为，也透露出他对肃宗治下政治清明度的不满与失望。

梁鸿与妻子孟光选择了在齐鲁之地安家。那里的生活相对平静，远离了朝廷的是是非非。因为齐鲁在海边一个叫海曲的地方，所以叫作"窜梁鸿于海曲"。他们的日子虽然简朴，却也充满了诗意。时间流转，经过了一段时间的沉淀，梁鸿再次踏上了旅途，迁移到了吴地。在那里，他与妻子孟光继续隐居并留下了"举案齐眉"的美谈。

王勃在这篇序文中，借用了贾谊和梁鸿的往事，作为对自己青春岁月的反思和注解。他在问自己，是不是因为"无圣主"，即缺乏圣明的君主？或者是因为"乏明时"，即时代的昏暗导致了自己的不幸？王勃在内心显然已经开始懊悔，他认识到了自己的错误，但很显然，人生不会一次又一次地给予他机会。

古文蒙学阁

文化链接：举案齐眉的典故

在中国古代，四大美女分别是西施、王昭君、貂蝉和杨玉环，她们芳名远播，以绝世容颜著称。但中国古代还有四位以品德著称的女性，虽然她们的外貌并不出众，但她们的故事同样流传千古，她们是钟无艳、嫫母、阮氏女和孟光。

孟光，她的外貌并不符合当时的审美标准，体型丰满、肤色偏黑，到了30岁还未嫁人，但她最终与梁鸿结为夫妇，两人的爱情故事更是成为了千古佳话。

"举案齐眉"这个成语正是源自于梁鸿与孟光的典故。《后汉书·梁鸿传》中记载了这样一个温馨的画面：（梁鸿）居庑下，为人赁舂。每归，妻为具食，不敢于鸿前仰视，举案齐眉。梁鸿每天劳作归来，孟光总是默默地为他准备饭菜，从不在他面前抬头直视，而是将盛满食物的托盘高举至眉毛的高度，以此表达对丈夫的尊重和敬意。这个动作不仅体现了孟光的谦逊和贤良，也成为夫妻间相互尊重的象征。

"举案齐眉"的故事在后世广为流传，成为人们赞颂的美德典范。孟光的形象告诉我们，真正的美丽不仅是外表，更在于内心的善良。她与梁鸿的故事，是对平等、尊重和深情厚意的最好诠释，也是对传统美德的颂扬。

见机与知命

所赖君子见机,

达人知命。

老当益壮,

宁移白首之心?

穷且益坚,

不坠青云之志。

见机与知命

在撰写《滕王阁序》时，王勃正值 26 岁的青春年华。当我们细读这篇传世之作时，不禁会感到惊讶：这真的是一个年轻人的笔下之作吗？王勃的文字透露出的深邃与成熟，似乎超越了他这个年龄该有的。他为何将自己与历史上的冯唐、李广、贾谊、梁鸿相提并论呢？

让我们先来解答前文留下的疑问："屈贾谊于长沙，非无圣主；窜梁鸿于海曲，岂乏明时？"这些问题的答案，其实蕴含着一种古代人的智慧，甚至是对宿命的体悟，即"所赖君子见机，达人知命。"这里的"所赖"指的是依赖。这句话是对古代读书人洞察世事、理解命运的深刻表达。

"达人"指的是那些通晓事理、明白人生真谛的人。在古人的眼中，"君子"和"达人"是对学识渊博、洞察人生道理之人的赞誉。而"见机"和"知命"又意味着什么呢？《周易·系辞下》中有云："君子见机而作，不俟终日。"意指君子在察觉到事物变化的征兆时，就应立即采取行动，而不是坐等时机流失。另外还有"乐天知命，故不忧"，则是指一个人若能欣然接受天命，明白自己的命运，就不会有忧愁。这些思想体现了古代中国知识分子对命运的认识和态度。

知命而不认命

《论语》里提到，"不知命无以为君子"。即便知道了"命"，也不一定能够成为君子，但如果不知道上天对人生的预设，是无论如何都不可能成为"君子"的，也是不可能成为"达人"的。王勃说了这么多宿命论的话，难道他要就此认命吗？不，于是他重重地写下了一句话："老当益壮，宁移白首之心？穷且益坚，不坠青云之志。"

这两句话非常有名。"老当益壮，穷且益坚"中的"穷"，是指一个人不得志，不是说兜里没钱。"壮"和

"坚"与今天的意思一致，"益"就是更加。这两段话出自《后汉书·马援传》。传中写道："（援）常谓宾客曰：'丈夫为志，穷当益坚，老当益壮。'"

王勃写"老当益壮，穷且益坚"的时候，一定是因为他也想像马援一样，成为一个为国奋斗一生的人。在王勃的心中，"宁移白首之心"，这"白首之心"是他一生的追求和信念，是他那不可动摇的决心。他反问自己，难道仅仅因为岁月的流逝，头发白了就该放弃年轻的志向吗？"宁"字在这里饱含着挑战命运的不屈，而"移"字则意味着改变、王勃的用词之间，流露出一种坚决不改变自己初衷的执着。

"不坠青云之志"中的"青云之志"象征着那崇高而远大的抱负，它如同高不可攀的青云，激励着人不断向上。而"不坠"，则是王勃对自我的坚

定期许，无论遭遇怎样的风雨挫折，都不会让自己的志
向"坠落"，不会让那份对理想的追求有丝毫动摇。

　　"青云"这一比喻，虽然简洁，却蕴含着丰富的哲
理。在古代文献中，它常被用来描绘高洁的人格与崇高
的地位。正如《史记·伯夷列传》中所记载的那样，如
果不是因为孔子这样的"青云之士"——品德高尚的人，
那么伯夷的名声也许就不会流传千古。在这里，"青云"

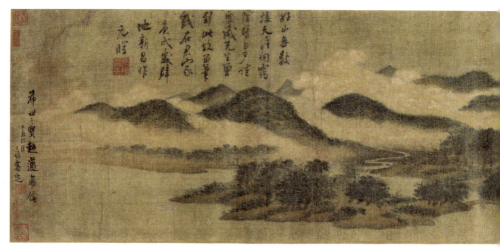

南宋 _ 米友仁 _ 云山图

是对品行卓越者的赞誉。

再如《史记·范雎蔡泽列传》所述，"致于青云之上"者，指的是位居社会高层、地位显赫之人。这里的"青云之上"，是对高位重权的比喻，也是对达到事业巅峰的人的肯定。

而在《文选》中，有"仲容青云器"一句，则是对阮咸（字仲容）的评价。这里说他有"青云器"，既可

以理解为他有宽广的胸襟，也可以看作对他高远的人生志向的认可。在古代儒家学说中，"青云"往往被用以指代一个人的德行、社会地位以及追求的目标。

　　因此，在此语境下，"不坠青云之志"中的"青云"，便是王勃用来形容自己那超越尘世，比天还要高远的人生志向。他以此表达了即使面对岁月的流逝和生活的种种考验，也绝不放弃心中的理想。这份"青云之志"不仅是对个人品德的追求，更是对社会责任和历史使命的担当，是王勃内心世界的真诚写照，也是他对未来的无畏展望。

古文蒙学阁

...

文化链接：马援的一生

　　马援，这位东汉开国的元老，出生在扶风郡茂陵县，可谓那个时代的风云人物。新朝末年，他在陇右的军阀隗嚣手下混得风生水起，后来又"跳槽"到了光武帝刘秀的团队，成了统一天下的得力干将。

　　国家统一后，马援虽然已经年纪不小，但他的战斗热情丝毫未减，依然冲锋在前，东征西讨，无论是在西部的陇羌、南部的交趾，还是在北方的乌桓，都留下了他战斗的足迹。他的官职一直升到伏波将军，被封为新息侯，人们都尊称他为"马伏波"。

　　马援的一生充满了传奇色彩。他所言"老当益壮""马革裹尸"的豪言壮语，更是成为后世佳话。他曾经在一次胜利归来后对朋友说："北方的匈奴和乌桓还在骚扰我们的边境，我打算再次出征，做个先锋。男子汉应该在战场上英勇战死，而不是安逸地死在床上。战死沙场，用马皮裹着尸体回家，那才是真正的荣耀！"这就是"马革裹尸"的由来。

　　最终，马援在讨伐五溪蛮夷的时候病倒了，他的身体每况愈下，但依然坚守在军中，直到生命的最后一刻。就像他自己所说的那样，马援没有选择安逸的床榻，而是在边疆的荒野中，"马革裹尸还"，最终获得了他作为战士的最高荣耀。

保持一颗
快乐的心

酌贪泉而觉爽，

处涸辙以犹欢。

王勃的乐观与豁达

　　当我们难以背诵气势磅礴的《滕王阁序》时，不必感到沮丧，毕竟我们所遭遇的挑战，怎能与王勃所经历的困难相比呢？王勃在作品中表达了自己"时运不齐，命途多舛"的境遇，然而他的笔触中却透露出无比的乐观与豁达。我们何不学习他的精神，继续前行，体悟他那种超然物外的境界呢？

　　让我们来细品那句"酌贪泉而觉爽，处涸辙以犹欢"。"酌贪泉"的"酌"字，本意是指用勺子轻轻汲取水或酒，这里隐喻为饮用。"贪泉"并非普通的泉水，而是传说中的一种神奇的水，据说任何人饮用后都会变得贪婪无度。王勃却自信地表示，即便饮了这贪泉之水，他也不会被贪欲所侵蚀，反而会感到一种心灵上的爽快。

至于"处涸辙以犹欢"，这里的"处"字，意味着处于某种状态或环境之中。"涸辙"则是指干涸的水道，象征着逆境和困境。"以犹欢"表达的是即使在如此不利的境地，王勃仍能保持一颗欢乐的心。就像一条在干涸的车辙中的小鲫鱼，尽管环境恶劣，但依然能够自在快乐地游弋，这种心态是多么健康。

"贪泉"和"涸辙"的典故

让我们一同探究"贪泉"和"涸辙"两个典故。首先，我们追溯《晋书》中关于"贪泉"的传说：朝廷欲革岭南之弊，隆安中，以隐之为龙骧将军、广州刺史、假节，领平越中郎将。未至州二十里，地名石门，有水曰贪泉，饮者怀无厌之欲。隐之既至，语其亲人曰："不见可欲，使心不乱。越岭丧清，吾知之矣。"乃至泉所，酌而饮之，因赋诗曰："古人云此水，一歃怀千金。试使夷齐饮，终当不易心。"吴隐之是一个人名，其人非常清廉，被任命为广州刺史。"未至州二十里，地名石门"意为还没到广州，在距离 20 里地（10 千米）之处，有一个地方叫作"石门"。"有水曰贪泉"，有一眼泉水，其名字叫作"贪泉"。相传喝了这泉水的人，即便是一个非常廉洁的人，也会变得贪婪。吴隐之不相信，于是"酌而饮之"。吴隐之把这贪泉的水打起来喝了一口，并即兴赋诗一首，"古人云此水，一歃怀千金；试使夷齐饮，终当不易心。"

传说中这个水一旦喝了就会做一个发财的梦，"歃"就是吸的意思，"怀"就是想，"千金"为很多钱。"试使夷齐饮"，让"夷齐"他们喝一口，他们却不会改变自己的内心。"夷齐"就是伯夷和叔齐，即古代非常受读书人尊重的两位道德高尚的人。据记载，等到吴隐之担任了广州刺史之后，他越来越清廉了。这就是"贪泉"的典故。

再看看这"涸辙"的故事。这个故事很有名，全名叫作"涸辙之鲋"。《庄子·外物》里写道：庄周家贫，故往贷粟于监河侯。监河侯曰："诺！我将得邑金，将贷子三百金，可乎？"庄周忿然作色，曰："周昨来，有中道而呼者。周顾视车辙，中有鲋鱼焉。周问之曰：

'鲋鱼来，子何为者邪？'对曰：'我东海之波臣也。君岂有斗升之水而活我哉？'周曰：'诺，我且南游吴、越之王，激西江之水而迎子，可乎？'鲋鱼忿然作色曰：'吾失吾常与，我无所处。吾得斗升之水然活耳。君乃言此，曾不如早索我于枯鱼之肆！'"

"庄周家贫，故往贷粟于监河侯"的意思是庄子他们家很穷，所以他去向监河侯借米。监河侯却说："诺！我将得邑金，将贷子三百金，可乎？"监河侯说他即将收到一笔名为"邑金"的税收，这是一种每年发放一次的税款。监河侯提议，等他收到这笔钱后，就借给庄子三百金。这里的"金"是货币单位，而不是黄金。

对此，庄子感到非常气愤。"庄周忿然作色"中的"忿然"形容生气的样子，"作色"，指脸上的表情也变得难看，说道，"周昨来，有中道而呼者"，即在他昨天来的路上，有人在半路大声呼唤他。"周顾视车辙，中有鲋鱼焉。"庄周回头看了一下，发现车辙里竟然有一条鲋鱼。鲋鱼就是今天的鲫鱼。"周问之曰：'鲋鱼来，子何为者邪？'"这里的"来"字并不是指从某处来，而是一个古文中的助词，用于加强语气。

庄子同情鲋鱼的遭遇，便询问它："鲋鱼，你究竟是做什么的？"那条鲋鱼回答说："我本是东海龙宫的一名臣子。"这里的"东海之波臣"意指它曾是水域中的一员贵族，统治着水族。它接着哀求庄子："君岂有斗升之水而活我哉？"意思是"您是否能给我一点点水，让我得以存活？""斗升之水"指的是极少量的水，而"活我哉"则是古代汉语中的一种使动用法，意为"使我活"。

庄子听后，便回答说："诺，我且南游吴、越之王，激西江之水而迎子，可乎？"这里的"诺"是答应的意思，庄子承诺他将前往南方，去拜访吴越之地的君王，请求他们引发西江之水，以此来拯救这条鲋鱼。

请注意，这里的"激"字意味着引发或激起，而"西江之水"则是一个象征性的表达，不一定指具体的某条江流。其重要性在于与"东海之臣"形成对比。你是"东海之臣"，我就是"西江之水"，不知何年何月才能拯救你？面对庄子的提议，鲋鱼显然有些不满，甚至感到愤怒。它用"忿然作色"来表达自己的情绪，这是古代文学中常用来形容愤怒的成语。鲋鱼说："吾失我常与"，意思是它已经失去了原本的居所，即它已经离开了水域，无法再生存。"我无所处"，表达了鲋鱼对自己处境的无奈，它已经没有地方可去了。"吾得斗升之水然活耳"，我只要得到"斗升"这一点水就能够活下去了。

"君乃言此，曾不如早索我于枯鱼之肆！""索"指寻找，"枯鱼"指鱼干。意思是"您这么说话，还不如早点在卖鱼干的市场找我。"这显然是一种讽刺，庄子也用这样的话来讽刺这个监河侯，但不论如何，"涸辙之鲋"是指处于艰难之境的人。

王勃的英雄主义

王勃在撰写《滕王阁序》时，已非年少时的轻狂岁月，人生已历经风霜，饱尝了世间的沧桑与变迁。然而，他依然能够展现出非凡的胸襟和气度，这不禁让我们想起罗曼·罗兰对人生的解读——世界上只有一种英雄主义，就是在看清生活的真相之后，依然热爱生活。这句话揭示了一个深刻的哲理：无论时代如何变迁，无论地域如何迥异，人类承受苦难时对生活的豁达态度，都是贯穿古今、跨越国界的。

我们在学习和欣赏《滕王阁序》的时候，不能仅被王勃的文采所折服，更应该去理解和学习他所体现出的那种对生活的深刻洞察和超然态度。这种态度不仅是一种文学上的表达，更是一种人生的智慧，它教会我们在面对生活的种种挑战和困境时，如何保持平和的心态，如何在看透生活的真相后，仍然能够积极乐观地生活。

王勃的狂放与克制

北海虽赊，扶摇可接；
东隅已逝，桑榆非晚。

狂放与克制之间的完美平衡点

　　《滕王阁序》之所以备受推崇，在于它所蕴含的深邃思想和丰富情感。之前，王勃提到了"时运不齐，命途多舛"，这让人不禁联想到他可能怀有悲观的人生观。然而，随着文章的展开，他笔锋一转，写道"北海虽赊，扶摇可接；东隅已逝，桑榆非晚"，展现了他的乐观精神和广阔胸怀。

　　当我们读到"扶摇可接"这几个字时，或许会触发一种似曾相识的感觉。是的，这让我们回想起李白那句著名的诗句"大鹏一日同风起，扶摇直上九万里"。王勃在这里使用了与李白相同的典故，都是描绘大鹏鸟振翅高飞的景象。然而，王勃在运用这一典故时，除了传达出李白诗中的那种豪放气概，还赋予了它一种超越年龄的成熟稳重。这种稳重，显然是经历了人生起伏后的深刻体悟。

阅读《滕王阁序》，我们不难发现，他的作品同样蕴含着"李白式"的热情与放纵。整篇文章中，王勃巧妙地融入了众多典故，这不禁让人惊叹：这位作家该多么豪放与自信？他的文字就像一场华丽的盛宴，每个典故都像是精心挑选的珍珠，串联成一篇光彩夺目的文章。

想象一下，如果一个美丽的女子全身佩戴着珠宝，普通人可能无法驾驭这样的华丽，显得过于俗气。然而，王勃在《滕王阁序》中却能将这种技巧发挥到极致，他的每一次"炫技"都不会显得过分或刻意，反而让人觉得恰到好处，这正是他高超写作技巧的体现。

这些典故的堆砌，不仅没有造成任何的违和感，反而形成了一种和谐统一的美感。这种平衡，既展示了王勃的狂放不羁，又证明了他在文学上的精湛技艺。这就是王勃的魅力所在，他能够在狂放与克制之间找到完美的平衡点，创作出既自由奔放又技艺高超的文学佳作。《滕王阁序》也因此成为千古传颂的经典，让后人在欣赏之余，也能感受到作者的内心世界与独特风格。

关于大鹏的典故

我们详细讲讲什么叫"北海虽赊，扶摇可接"。"赊"是指远的意思，"接"就是能够碰到，能够到达的意思。北海虽然很远，但是乘风而上的话还是可以到达的。这个典故出自于庄子的《逍遥游》：北冥有鱼，其名为鲲。鲲之大，不知其几千里也；化而为鸟，其名为鹏。鹏之背，不知其几千里也；怒而飞，其翼若垂天之云。是鸟也，海运则将徙于南冥。南冥者，天池也。《齐谐》者，志怪者也。《谐》之言曰："鹏之徙于南冥也，水击三千里，抟扶摇而上者九万里，去以六月息者也。"

"北冥有鱼，其名为鲲。鲲之大，不知其几千里也。"北边的海里有一条鱼叫"鲲"，鲲的体型庞大到无法量度，长达数千里。它变成了鸟之后，名字叫"鹏"。"鹏之背，不知其几千里也"，这只神鸟的背部同样宽广得令人难以置信。

"怒而飞，其翼若垂天之云。"这里的"怒"并不是指愤怒，而是指一种振奋、激昂的状态。"垂"也不是垂下的意思，通"边陲"的"陲"，其意思是它的翅膀

就像天边的云一样。"是鸟也,海运则将徙于南冥"。什
么叫海运呢? "运"就是动,海水波澜起伏的时候,它
就要向南边迁徙了,从北冥迁徙至南冥,也就是南方的
海域,这里的南冥被描绘为一个神秘的天池。

"《齐谐》者,志怪者也。《谐》之言曰:'鹏之徙于
南冥也。水击三千里,抟扶摇而上者九万里,去以六息
者也。'"这一段是说有一本书叫《齐谐》,它专门记载
各种怪事。这本书里说大鹏"徙于南冥"的时候,"水
击三千里"。"水击三千里"的意思是,大鹏鸟振翅时激
起的巨大浪涛可达三千里。这不仅说明了大鹏翅膀之广
阔,还体现了其力量之强大。这种壮观的景象,也让我
们想起了毛泽东诗中的豪迈言辞:"自信人生二百年,
会当水击三千里"。这句诗同样表达了一种对于生命力
与潜能的强烈自信。

"抟扶摇而上者"的"扶摇"在这里特指一种强烈
的旋风,类似于龙卷风,而"抟"则形容大鹏鸟环绕着
这股旋风腾空而起。这只神鸟能够利用这股扶摇之风,
直冲云霄,飞升至九万里的高空。而"去以六月息者
也"的"去"意味着启程,"息"指的是风的吹拂。大

鹏鸟便是借着这股六月的顺风，展翅高飞，从北冥出发，一路向着南方的海域进发。

这些描述不仅展现了《庄子》中大鹏鸟的神奇形象，也是王勃在《滕王阁序》中巧妙运用典故的例证。

"失之东隅，收之桑榆"的智慧

"东隅已逝，桑榆非晚。"这句意指即使青春的早晨已经过去，人生的黄昏同样充满价值和美丽。这里的"东隅"本指日出的地方，代表着人生的青春时期，而"桑榆"则是指日落时刻，代表着人生的暮年。

这段文字出自《后汉书·冯异传》。

玺书劳异曰："赤眉破平，士吏劳苦，始虽垂翅回溪，终能奋翼黾池，可谓'失之东隅，收之桑榆'。方论功赏，以答大勋。"冯异协助汉光武帝刘秀恢复了汉朝的统治，尤其在与赤眉军的战争中，他经历了起初的挫败，但最终逆转战局，取得了决定性的胜利。在表彰他的功绩时，史官写下了"赤眉破平，士吏劳苦"这句话，这不仅是对赤眉军被消灭的记录，也是对那些在战争中辛勤付出的士兵们的肯定。

"始虽垂翅回溪，终能奋翼黾池"一句则用生动的比喻描绘了冯异的起落。这里的"垂翅"象征着暂时的失意或失败，而"奋翼"则意味着重新振作、恢复力量。这正如我们常说的"你得支棱起来"，也就是要重新站起来，继续前行。这种精神正是"失之东隅，收之桑榆"所表达的——即便早晨有所失去，到了傍晚也还有机会寻回。

当我们将这段话与"酌贪泉而觉爽，处涸辙以犹欢"结合起来背诵时，可以感受到王勃所传达的一种乐观和豁达的人生哲学。

王勃的狂放与克制

纵空余报国之情

孟尝高洁，空余报国之情；

预示生命轨迹的走向

　　王勃的《滕王阁序》，韵律流畅，气势宏伟，读来令人感受到一种震撼心灵的力量。然而，在这篇作品的字里行间，我们似乎能够捕捉到一丝宿命的气息，甚至在一些措辞中，我不禁联想到它们似乎预示了王勃自己生命轨迹的走向。当我们阅读到"孟尝高洁，空余报国之情；阮籍猖狂，岂效穷途之哭"这样的句子时，总觉得王勃在对自己的命运也有着某种隐喻性的反思。

孟尝报国无门

　　那么，这位被提及的"孟尝"究竟是谁呢？他并非春秋时期的孟尝君，而是东汉时期的一位廉洁的官员。

《后汉书·循吏列传》中有这样的记载：孟尝字伯周，会稽上虞人也。其先三世为郡吏，并伏节死难。……尝后策孝廉，举茂才，拜徐令。州郡表其能，迁合浦太守。郡不产谷实，而海出珠宝，与交阯比境，常通商贩，贸籴粮食。先时宰守并多贪秽，诡人采求，不知纪极，珠遂渐徙于交阯郡界。于是行旅不至，人物无资，贫者饿死于道。尝到官，革易前敝，求民病利。曾未逾岁，去珠复还，百姓皆反其业，商货流通，称为神明。

以病自上，被征当还，吏民攀车请之。尝既不得进，乃载乡民船夜遁去。隐处穷泽，身自耕佣。邻县士民慕其德，就居止者百余家。

桓帝时、尚书同郡杨乔上书荐尝曰："臣前后七表言故合浦太守孟尝，而身轻言微，终不蒙察。……"尝竟不见用，年七十，卒于家。

"孟尝字伯周，会稽上虞人也。"孟尝，姓孟名尝，字伯周，出生于会稽郡的上虞县，也就是今天的浙江省绍兴市上虞区。据说他年少时就表现出了非凡的才华，而在他步入仕途之后，更是凭借其卓越的才能和清廉的名声，最终升任合浦太守，成为一方的封疆大吏。

合浦这个地方"郡不产谷实，而海出珠宝"，是说当地不经营农作物，但是大海里却出产珍珠。这里的"珠宝"是指珍珠。"与交趾比境，常通商贩，贸籴粮食。"此地和交趾郡接壤，平时和交趾两郡是互通商贩的，大家彼此进行贸易。我卖给你珍珠，你卖给我粮食，叫作"贸籴粮食"。"籴"是买米的意思，"贸"是交易的意思。

交趾郡是当时汉朝的一个郡，今天在越南。"先时宰守并多贪秽"，意思是曾经的太守们，大多是贪污腐败的。"诡人采求，不知纪极"，意思是他们要求郡里面的人去采摘、寻找珍珠。"采"就是用手抓，"求"就是寻找。他们采摘无度，以至于"珠遂渐徙于交趾郡界"。珍珠"跑了"，它们渐渐地迁徙到了交趾郡的界限之内。当然，珍珠自己是没法跑的，这里是指蚌游走了。"于是行旅不至，人物无资"，是说从此旅客也不来了，经商的也不到了。

"人物"，意思是人和他们养的动物，这些马、牛、羊已经没什么饭吃了，快要饿死了，"贫者饿死于道"，意思是贫穷的人饿死在道路上了。孟尝在担任官职之初，便着手进行了一系列改革。他深入挖掘和识别了当地政策中的弊端，并迅速采取措施予以革除。他的行动并不止步于简单的政务改革，而是进一步深入了解民众的疾苦，寻找他们的利益所在。孟尝深知，只有真正理解民众的痛点和需求，才能有效地改善他们的生活状况。因此，他不仅倾听民声，还积极探寻能够让百姓获利的方法。

在确立了民众的需求后，孟尝推行了"与民休息"的政策，旨在避免过度剥削，让民众能够在不过度劳累的情况下恢复生产力。这种政策体现了他的深思熟虑和对民生的关怀，避免了短视的经济行为，比如竭泽而渔。

孟尝的智慧和仁政很快就显现了成效。在不到一年的时间里，那些曾经因为环境恶化而离去的蚌，竟然神奇地重新回到了它们原来的栖息地。这里的"曾"字，发音为"zēng"，而非"céng"，它在文中起强调的作用，突出了孟尝治理成果的显著和迅速。

在孟尝的英明治理下，合浦地区的百姓纷纷回归到传统的职业中，商业活动也兴旺起来，商人和他们的货物再次在市集中穿梭往来，经济活力得到了彻底复苏。市场上的繁荣景象和民众的幸福生活，使得孟尝在民间的声望急剧上升，人们甚至将他奉若神明，赞誉他的智慧和仁政。这段佳话后来演变成了成语"合浦还珠"，流传至今。

尽管孟尝深受百姓爱戴，他却触动了既得利益者的利益，那些前任官员因不满他的政策而诋毁和排斥他。面对这样的压力，孟尝被迫考虑离开合浦。然而，当他表达出想要返回故乡的想法时，百姓却万般不舍，他们拉着孟尝的车辕，恳求他留下。最终，孟尝未能离开，他选择了在合浦的一个僻静之地隐居。但百姓对他的敬爱之情无法割舍，纷纷搬到他隐居的地方附近居住，从而形成了一个百余户人家的小村落，这足以见得孟尝在民众中的崇高地位和人格魅力。

岁月流转，孟尝渐渐步入暮年。在汉桓帝时期，一位同为会稽郡出身的尚书杨乔，对孟尝的才能和品行深为赞赏，他向皇帝上书推荐孟尝。杨乔曾七次上表，这种连续不断的推荐显示了他对孟尝能力的肯定。在古代，上表是臣子向皇帝表达忠诚和意见的一种方式，我们可以联想到所学的《出师表》。杨乔在表中提到了孟尝曾经的官职——合浦太守，并表达了自己地位卑微、言辞轻微，他的推荐始终未被皇帝所采纳。这当然是一种委婉的说法，皇帝估计看到了他写的"七表"，只是不同意罢了。

　　杨乔的"表"写得很长，我们就不逐一展开了。不过最终还是"尝竟不见用"，说孟尝到最后也没有被启用。"见"就是被的意思，"年七十，卒于家"，孟尝在七十岁的时候死在了家里，这就是"孟尝高洁"的故事。王勃为什么找这么一个好像在历史中不是那么闪亮的典故呢？因为他好像夹带了一点"私货"，当时他的父亲正好因为受到他的连累，被贬到了交趾县做县令，他应该是不甘心和父亲在交趾蹉跎一生。总而言之，王勃在这里表达的是——"空余报国之情"而报国无门。下一讲，我们继续学习"阮籍猖狂"，看看他到底又是一位怎样的猖狂人士。

古文蒙学阁

纵空余报国之情

文化链接：章奏表议

在中国古代，有一种特别的文体，叫作"表"，它就像是古代版的"给领导的一封信"。这是臣子们用来向皇帝表达自己的心声和请求的奏疏文体。在宗教仪式上，人们也会用"表"来向神明献上敬意和祈求。

想当年，战国时期的臣子们给君王写信，都统称为"书"，比如乐毅给燕惠王的《报燕惠王书》，李斯的《谏逐客书》，这些都是古代的"书信"。到了汉代，人们开始给这些书信分门别类，分成了章、奏、表、议四种。刘勰在《文心雕龙·章表》里解释说，这四种文体各有用途："章"是用来感谢恩情的，"奏"是用来揭发控告的，"表"是用来表达忠诚和请求的，"议"则是用来提出不同

意见的。所以，"表"的核心作用就是展现臣子对君主的忠诚和期望。

如果你翻阅过古代的"表"文，你会发现，不管内容多么五花八门，它们都有一个共同点——都喜欢用抒情的方式来打动人心。这种"动之以情"的手法，几乎成了"表"文的一个标志性特征。而且，"表"文还有一套自己的格式规矩，比如开头得说"臣某言"，结尾则常常是"臣某常诚惶诚恐，顿首顿首，死罪死罪"，这些话就像是古代的"敬上"和"此致"，充满了恭敬和谦卑。

总之，"表"文就像古代臣子们的一张情感名片，通过它，我们可以窥见他们对君主的忠诚、对未来的期望，以及他们那颗渴望被理解和被重用的心。这种文体，不仅是一种沟通工具，更是管窥古代文人情感世界的一扇窗。

又岂效穷途之哭

阮籍猖狂，岂效穷途之哭！

"猖狂" 背后的处世哲学

　　"阮籍" 这个名字，在中国历史上赫赫有名，他是魏晋时期著名的文学家、哲学家，同时也是竹林七贤的杰出代表。作为一位有着报国理想的名士，阮籍生活在一个政治动荡、社会变革的年代。在这样的时代背景下，即使是地位崇高的名士，要想保持自己的名誉和节操，也是一件极为困难的事情。因此，面对复杂的社会现实，阮籍选择了以一种超脱的态度来应对，他不再拘泥于世俗的眼光和评价，而是追逐本心，顺其自然地生活。

　　在这里，"猖狂" 这个词，并不是贬低或批评的意思。它实际上描绘的是一个人放飞自我、追求自由的生活态度。这种态度与孟尝的高洁品质形成了一种有趣的对比，展现了人物性格的不同侧面。阮籍的 "猖狂" 体现了他的率真、洒脱，不受世俗束缚的个性。

这种对于生活的随性态度，其实在道家经典《庄子》中也有所体现。《庄子·在宥》篇中有这样一句话："浮游不知所求，猖狂不知所往"，这句话描绘了一种漫无目的、自由自在的生活状态。它表达了一种对于人生的淡泊观念，即人们应该像水中的浮萍一样，不必刻意追求什么，也无须设定明确的目的地，而是随着自然的节奏，随心所欲地生活。这样的人生观，不仅反映了阮籍对生命的理解，也揭示了他对当时社会的深刻反思和超然的处世哲学。

阮籍对命运的绝望

"岂效穷途之哭"，王勃的意思很明确：怎么能学他在走投无路的时候失声痛哭呢？这阮籍到底是如何猖狂，又如何"穷途"恸哭的？我们来学习一下阮籍的生平，就能从中感知一二。

在《晋书·阮籍传》中，对这位竹林七贤之一的非凡人物有着详细的记载。文中这样描述他：阮籍，字嗣宗，陈留尉氏人也。……籍本有济世志，属魏、晋之际，天下多故，名士少有全者，籍由是不与世事，遂酣饮为常。文帝初欲为武帝求婚于籍，籍醉六十日，不得言而止。钟会数以时事问之，欲因其可否而致之罪，皆以酣醉获免。……时率意独驾，不由径路，车迹所穷，辄恸哭而反。尝登广武，观楚、汉战处，叹曰："时无英雄，使竖子成名！"

"阮籍，字嗣宗，陈留尉氏人也。"这句话告诉我们，阮籍姓阮，名籍，字嗣宗，他的故乡位于陈留郡的尉氏县，也就是今天河南省登封市一带。在他的生平中，"籍本有济世志"，表明阮籍内心原本怀抱着救世的壮志，渴望在这世间留下自己的印记和作为。

然而，他生活在一个朝代更迭、风云变幻的时代——"属魏、晋之际"，正是社会动荡不安、政治斗争激烈的时期。在这样的背景下，"天下多故，名士少有全者"，意味着无论一个人在社会上有多么显赫的地位，要想在乱世中保持清白，几乎是一件不可能的事情。

面对这样的现实，"籍由是不与世事，遂酣饮为常"，意思是阮籍选择了远离政治旋涡，不再参与那些纷繁复杂的世事。他转而沉溺于酒中，常常畅饮，以此来抒发自己的情感和逃避现实的苦楚。"酣"字在这里形容了他饮酒时的尽兴和放纵。

在那个时代，权力的斗争甚至波及家庭。"文帝初欲为武帝求婚于籍"，这里的"文帝"指的是司马昭，他在生前尚未称帝，他的儿子司马炎即位后追封他为文帝。司马昭曾想要与阮籍结成亲家，即让司马炎与阮籍家族中的某位女性联姻。"籍醉六十日，不得言而止"，阮籍并不愿意这门亲事，但又难以直接拒绝，于是便以长时间的醉酒来回避这个话题，最终使这桩婚事不了了之。

随着岁月流转，阮籍步入了人生的暮年。在这个阶段，"时率意独驾"，即他常常任性地独自一人驱车出游，享受着那份难得的自由与宁静。他的自驾之旅并不拘泥于常规的道路，也就是"不由径路"，这意味着他不满足于寻常的轨迹，而是偏爱那些偏僻的小径，仿佛在进行一场又一场的探险。他爱好越野，他的车迹常常出现在难以想象的地方。

然而，这样的冒险并非总是一帆风顺。"车迹所穷，辄恸哭而反"，在那些无路可走的时刻，当车辆无法再前进分毫，周围只剩下一片荒野时，他就会感到一种深深的悲伤和挫败感，然后痛哭流涕，最后不得不返回。这里的"恸哭"表达了他内心深处的哀伤和不甘，而"反"字即"返"，意味着他的归途。

在他的一次旅行中，"尝登广武"，意思是他甚至登上了广武山，那是一个充满历史回响的地方，曾经是楚汉争霸的战场。站在山顶，他凝望着这片曾经硝烟弥漫的土地，想象着古代英雄们的激烈对决，感受着历史的沧桑和自然的壮阔。

广武山，这座见证过历史风云变幻的山峰，承载着无数的传说与记忆。在这片古老的土地上，有一道著名的沟壑，它不仅是地理上的一道标记，更是历史上的一条分界线。这就是"鸿沟"，一个因项羽和刘邦两军对峙而名扬四海的地方。在广武山上，两军曾经展开了激烈的战斗，最终谁也未能彻底战胜对方，于是双方停战，以这条"鸿沟"为界，形成了对峙的局面。这一历史事件，也成了中国象棋中楚河汉界分界的由来。

　　站在这片充满历史痕迹的土地上，阮籍感慨万千。他放声叹息："时无英雄，使竖子成名！"这句话中的"竖子"，表面上看是指刘邦，但阮籍的真正用意却更为深远。他实际上是在暗指当时的司马家族，讽刺他们并非真正的英雄，而是在乱世中侥幸成名的小人。阮籍的这种"猖狂"，正是他对当时政治黑暗、世道混乱的一种抗议和不合作的态度。

　　至于阮籍在自驾游途中遇到绝路时所表现出的

"恸哭"，并非仅因为路途的终结，更是一种对人生的深刻感慨。在他看来，人生的道路，走着走着可能会突然中断，活着活着可能会失去希望。这是对自己人生失望的一种表达，是对未来的迷茫和无奈。

　　然而，王勃对此却有着不同的看法。他认为，尽管人生充满了坎坷和不确定，但他依然坚信未来有无限的可能性。王勃认为，即使面对困难和挫折，也不应该放弃希望和努力。他不愿意像阮籍那样在困境中"恸哭"，而是要继续奋斗，去追求自己的人生理想。他要如何奋斗呢？后面王勃就要阐述自己的人生理想了。

英雄主义

王勃的

第四章

有怀投笔，无路请缨

此宋人之華也相傳為頠秋月豈非

然亦罕得詎寶而藏之

弘治己酉夏廣陽陳啟先拜觀

自古史有八音於月諸說於先遺家者流益為熟悉不

經之翰書字務為奇詭諸圖寫臺極多可得矣六

朝人云畫見魅易六畫師取巧康也此圖傳墨說

吳釣是宋元人手筆卷首玉臺畫龍完好其後二字

八音真形則僅詩十二首尾有謝司權墨馮保收

藏甲此卷歸於多寶閣鈴山書也

翰大司平浮松吳中薛尚卿門屬題之送自東于

文象法書名畫渝蕃湎村懷燼流轉於海周此不

知民先如此由八十年唐物賣渡九斯二三書共乘

天為日墨於世為身書人為功名石足二三不朽也頠南

翰夫莒虓之金卯六月卄日增祥跋

三尺微命的
自我定位

勃，三尺微命，
一介书生。
无路请缨，
等终军之弱冠；

以"三尺"自喻

如果将王勃的《滕王阁序》想象成一首流行歌曲，那么它的前奏确实显得格外悠长，仿佛在铺垫着一场文学的盛宴。至此，王勃这位主角才刚刚登场，他自我介绍道："勃，三尺微命，一介书生。"在这句话中，"一介书生"用以表明自己的身份—— 一个普通的读书人，"一介"在这里就是"一位"的意思，我们在今天也会用"一介草民"来自称，表达自己平民的身份。

至于"三尺微命"，这四个字透露出王勃的谦逊。在字面上，我们可以理解为他在自谦地描述自己的微不足道。在古代，人们常用"七尺男儿"来形容成年男子，而像项羽那样"身高八尺，力能扛鼎"的形象则代表着超凡的英雄。相比之下，王勃以"三尺"自喻，暗示自己还只是一个涉世未深的"童子"，这种自我贬低的说法，无疑展现了他的谦卑和对前辈的敬意。

然而，有学者将王勃的自谦置于中国古代严格的等级制度的背景下，提出了另一种解读。据《礼记》记载，"绅长制，士三尺"，指的是社会地位最低层次的"士"，其衣带（绅）的长度规定为三尺。这里的"绅"，是指古代文人腰间束带后，垂下的那一截余带。如果说一位士人的"绅长三尺"，这不仅是一种服饰的规定，也是他身份地位的外在标志。

在古代中国，无论是衣着还是行为举止，都严格体现了等级划分。《周礼》中明确指出，"下士一命"。士人分为不同的等级，以"命"来区分，从"一命"至更高级别的"两命""三命"，甚至"四命"。因此，当王勃形容自己为"三尺微命"时，他实际上是在暗示自己的社会地位仅处于士人阶级的最底层。

这种自我定位不仅反映了王勃对自身地位的清晰认识，也透露出他对当时社会等级制度的尊重和内化。他的谦逊并非仅出于个人德行，而是深深植根于那个时代的文化和社会结构之中。

报国无门的无奈

"无路请缨，等终军之弱冠，有怀投笔，慕宗悫之长风。"这段话说的是，王勃虽然自己是一介书生，却有报效祖国的伟大志向，他想"请缨"，他想"投笔从戎"。"无路请缨，等终军之弱冠"这句话，若翻译成现代汉语，便是"我没有办法像二十岁的终军那样，向皇帝表达自己愿意参战的决心。"在这里，"无路"意味着缺乏途径或机会，"请缨"则是指主动请求加入军队，向国家和皇帝表明自己愿意承担起保家卫国的责任。

终军是西汉时期的一位英勇将领，他在年轻时便展现出了非凡的军事才华。而"弱冠"则是指男子成年礼，通常在二十岁举行。此成人礼被叫作"冠礼"，男子 20 岁叫作"弱冠之年"，象征着成年的到来。"终军之弱冠"相当于 20 岁的终军，"弱冠"在这里是定语后置的用法，"等"就是等同、一样，它们共同在一起，又形成了一个状语，意思是我没有办法能够像弱冠年龄的终军一样向汉武帝"请缨"。"缨"是一根长绳子，可以系在马的脖子上。

那么，终军为什么要向汉武帝"请缨"呢？

《汉书·终军传》里写道：终军，字子云，济南人也。少好学，以辩博能属文闻于郡中。年十八，选为博士弟子。至府受遣，太守闻其有异材，召见军。甚奇之，与交结。军揖太守而去，至长安上书言事。武帝异其文，拜军为谒者给事中。……南越与汉和亲，乃遣军使南越，说其王，欲令入朝，比内诸侯。军自请："愿受长缨，必羁南越王而致之阙下。"军遂往说越王，越王听许，请举国内属。天子大说，赐南越大臣印绶，一用汉法，以新改其俗，令使者留填抚之。越相吕嘉不欲内属，发兵攻杀其王及汉使者，皆死。军死时年二十余，故世谓之"终童"。

"终军，字子云，济南人也。"终军姓终名军，字子云，是济南郡人。当时济南是一个郡。"少好学，以辩博能属文闻于郡中。"说他年少的时候特别好学，善于辩论，博闻强识能写文章。"属文"就是写文章的意思，"闻于郡中"即闻名于郡中，意思是在郡中闻名，这里是一个典型的状语后置用法。"年十八，选为博士弟子"。18岁那一年，他被选为"博士弟子"（一个小官的官衔）。

终军的故事在中国古代历史上留下了浓墨重彩的一笔。在他的青年时期，年仅 20 岁，便遇到了国家的重大外交事件——"南越与汉和亲"。南越国位于当时的中国南部，尚未完全纳入汉朝的版图，其首都设在番禺，即今天的广东省广州市番禺区。南越国和大汉王朝要和亲，"乃遣军使南越，说其王。"于是汉武帝就派遣了终军出使南越国，游说南越王。"欲令入朝"是指汉武帝想让南越王来进行朝拜。"比内诸侯"中的"比"，就是"和……一样"的意思，"内"就是"纳"，意思是汉武帝希望南越王就像自己国家里的诸侯一样，享有共同的身份、待遇和等级。

终军向汉武帝请示道："愿受长缨，必羁南越王而致之阙下。"这句话的意思是，他愿意接受一根长绳（长缨），如果南越王愿意合作，那么一切安好；如果南越王不从，他将使用这根长绳将南越王捆绑，带到汉武帝的宫殿门前。这里的"羁"本意是用皮革套住马头，绑住马腿，限制马的自由，他把南越王比喻成一匹马，要用这根"长缨"把南越王像捆马一样绕住他的脖子来到宫阙门口（"阙下"）。"军遂往说越王"，意思是终军于是就前往去游说南越王了。

"越王听许"中的"听"不是听见，"许"也不仅是允许。"听"是听凭，任凭的意思，即对方说了都算。这里的"许"是奉献的意思，今天所说的"以身许国""许配"，都有献身的含义，不仅是允许这么简单。"请举国内属"的意思是"把全国都纳到您的藩属之中"，这里的"内"通"纳"。

终军成功地完成了他的使命，促成了南越王与汉朝的和亲。这一消息传回朝廷，汉武帝对终军的表现感到非常满意。在古代，"天子"是对皇帝的尊称，这里特指汉武帝。他的愉悦之情溢于言表，在此作者用了一个通假字"说"，实际上表达了汉武帝内心的欢悦。

为了表彰南越大臣在这一和亲过程中的贡献，汉武帝慷慨地赐予了他们象征地位和权力的"印绶"。在古代中国，印绶是中央政权授予王侯的重要标志，它不仅是身份的象征，也是权力的代表。根据官员的级别不同，印绶的材质和颜色也有所区别。金印紫绶代表更高的官位，而银印青绶则是相对低级别的官员所持有的。

南越的宰相吕嘉，作为当地的高级官员，被授予的应该是银印青绶。

此外，汉武帝还下令让南越国采用汉朝的法律制度，即"一用汉法"，以此来改革和更新南越的习俗，这里的"新"和"改"都是使动用法，意味着通过汉朝的法律来"刷新"和改革南越的传统风俗。

最后，汉武帝指示使者，如终军等人，留在南越国内，以"填抚"的方式处理国事。这里的"填"通"镇"，意为镇压，但在这里更多是指稳定和安抚。他们的职责是稳定南越的政局，确保和亲之后的和平与秩序，同时也是对南越国进行一种间接的监管和引导。

在南越国内部，宰相吕嘉对于归属汉朝的统治并不心悦诚服。他不愿意看到南越成为汉朝的一个内属国，于是采取了极端的措施。在一次权力的角逐中，吕嘉发动了叛乱，攻击并杀害了南越王，这无疑是对汉朝权威的直接挑战。更令人震惊的是，"及汉使者，皆死"，意思是汉朝派遣的使者，包括终军等人都在这个过程中被杀害。这对于汉朝来说是不可容忍的耻辱和挑衅。

"军死时年二十馀"，终军在这场叛乱中不幸遇难，他当时仅二十余岁，正值青春年华。世人怀念他的英勇和才华，因此称他为"终童"。尽管吕嘉的反叛给南越国带来了短暂的动荡，但汉武帝并未因此退缩。次年，汉武帝果断出兵，彻底平定了南越国的叛乱，并将其纳入汉朝的版图。

这个故事不仅生动描述了终军的悲剧，也是汉武帝坚决维护国家统一和边疆稳定的一个例证。终军主动请缨、不畏艰险、愿意为国家效力的精神，成了后人学习的榜样。

接下来，我们将继续探索另一位英雄人物班超的故事。班超同样是在年轻时期放弃了文职生涯，投笔从戎，他的事迹激励了无数人为国家边疆的安全和繁荣贡献力量。

一介书生的家国情怀

有怀投笔，慕宗悫之长风。

一介书生的豪情壮志

在《滕王阁序》的行文中，我们可以感受到王勃透露出一种坚定的信念，那就是面对命运的不公不屈不挠。他自述"勃，三尺微命，一介书生。无路请缨"，这是一种自谦，也是一种不甘现状的情感表达。尽管他自称为"一介书生"，他的内心却怀有"投笔从戎"的豪情壮志，渴望为国家建功立业，渴望展现出书生也能拥有的英雄本色。

班超投笔从戎的典故

"投笔从戎"这个成语，源自《后汉书·班梁列传》：班超，字仲升，扶风平陵人，徐令彪之少子也。

为人有大志，不修细节。然内孝谨，居家常执勤苦，不耻劳辱。有口辩，而涉猎书传。永平五年，兄固被召诣校书郎，超与母随至洛阳。家贫，常为官佣书以供养。久劳苦，尝辍业投笔叹曰："大丈夫无它志略，犹当效傅介子、张骞立功异域，以取封侯，安能久事笔砚间乎？"左右皆笑之。超曰："小子安知壮士志哉！"其后行诣相者，曰："祭酒，布衣诸生耳，而当封侯万里之外。"超问其状。相者指曰："生燕颔虎颈，飞而食肉，此万里侯相也。"

班超，字仲升，是扶风郡平陵县人，也就是今天陕西省扶风县一带的人士，这里曾涌现出很多历史名人。在上一段文字中，我们可以看到一种有趣的表述："徐令彪之少子也"。这里的"徐令彪"并不是一个人的名字，而是指徐县的县令，此人名叫班彪，而班超是他的小儿子。

"为人有大志，不修细节"表达了班超的性格特点：他胸怀大志，不过分纠结于小事。"细"就是"小"的意思。"家贫，常为官佣书以供养"，是说在家境贫寒的情况下，班超不得不为当官的这些人"佣书"，即被雇佣去抄书，这种工作在当时属于读书人能做的工作中的体力劳动，从事这种工作的人的社会地位不高。

班超长时间从事这种辛苦的工作，直到有一天，他厌倦了这种生活，愤然投笔，发出了感慨。他叹息道："大丈夫无它志略，犹当效傅介子、张骞立功异域，以取封侯，安能久事笔砚间乎？"这句话表达了班超的豪情壮志，他不愿意像普通人那样满足于平凡的生活，而想要追随历史上的英雄人物傅介子和张骞的脚步，到边疆去建功立业，从而争取封侯的荣誉。他认为，一名有志之士怎能长久地沉浸在笔砚之间，做着抄书的工作呢？这里的"笔砚"指的是书写和研究（"研"字通"砚"，即砚台）。

班超的这种豪言壮语，自然引起了周围人的嘲笑。"左右皆笑之"，是说他们认为班超的梦想太过遥远，不切实际。但班超对此毫不在意，他回应道："小子安知壮士志哉！"意思是说，你们这些无知的人怎么可能理解一个壮士的远大志向呢？

班超曾去拜访一位相士，希望从面相中得知自己是否有建功立业的命运。相士对他说："祭酒，布衣诸生耳，而当封侯万里之外"。意思是，就算当上了博士祭酒，文官做到头也不过"布衣"之相，你却是这"封侯万里之外"的相貌。这句话的意思是说班超虽然出身平凡，却有着非凡的命格，注定要在万里之外获得封侯的荣耀。

班超对此感到好奇，便追问自己的面相有何特殊之处。相士指着他的下巴和颈部说："生燕颔虎颈，飞而食肉。"相士形容班超的下巴像燕子一样轻盈，脖子像老虎一样有力，预示着他将要有远大的前程和非凡的成就。相士对这种面相的评价为"此万里侯相也"，他认为班超注定要在异域建功立业，获得封侯的荣誉。

这番话深深地打动了班超，他更加坚定了自己的信念。后来，他在西域的军事行动中表现出色，被封为"定远侯"，印证了相士的预言。

王勃在《滕王阁序》中提到自己为"三尺微命，一介书生"，表达了他虽然是一名读书人，但也有着投笔从戎、为国建功立业的豪情壮志。在古代，建功立业、封妻荫子是很多文人志士的追求。在唐朝，国力强盛，开疆拓土、建立功勋的机会较多，人们普遍崇尚武功，信仰英雄主义。班超投笔从戎的故事在当时具有很强的代表性和榜样力量，王勃引用这个典故，也是为了顺应时代的价值取向，表达自己对这种英雄壮举和进取精神的认同与向往。

接下来，我们将讨论另一位奇人异士——宗悫的事迹。宗悫是一位乘风破浪的英雄，他的事迹同样充满了传奇色彩，展现了古代英雄人物的风采。

王勃对英雄的仰慕

接着，王勃以饱含激情的笔触，为我们描绘了另一位英勇无畏的人物，他就是被我们今人誉为"乘风破浪第一人"的宗悫。当王勃写到"有怀投笔，慕宗悫之长风"时，他正在表达一种强烈的渴望，那就是放下笔墨，投身军旅，追随宗悫的精神，冲破一切困难险阻。这句话用现代汉语来表达就是：我心怀壮志，仰慕那位能够乘风破浪的宗悫，渴望能够效仿他，投身于戎马生涯。这里的"慕宗悫之长风"作为修饰成分，用以形容作者投笔从戎的壮志。

宗悫乘风破浪的传奇故事

那么，宗悫是如何成为一位乘风破浪的英雄的呢？让我们翻开《南史》，探寻这位人物的传奇故事。

宗悫姓宗，名悫，字元干，是南阳地区的人。而"悫"这个字，在当时有着忠厚老实的含义。他的叔父名叫宗少文，是一个非常高洁的，不愿意入仕的人。宗悫年轻时，他的叔父曾询问他的志向。《南史》记载："悫答曰：'愿乘长风破万里浪。'"宗悫愿意乘着长风去破这万里之浪。我们可以将"乘"字理解为"骑着"，而不要理解为"趁着"，因为骑着长风更能体现出宗悫的英姿飒爽。"破"有击破、克服之意，这就是成语"乘风破浪"的出典。

据《南史》记载，宗悫的叔父宗少文还对他说："汝若不富贵，必破我门户。"这句话透露出一种深深的忧虑与期望。宗少文在这里预言，如果宗悫将来不能拥有显赫的地位，他的非凡潜力和强烈的个性可能会给家族带来灾难，甚至可能导致家族声誉崩溃。在古代，"门户"常常指代家族的荣誉和社会地位，宗少文的话反映了他对宗悫潜在能力的准确认识。

宗少文之所以这样说，是因为他已经察觉到宗悫身上所蕴藏的巨大能量。宗悫具备非凡的创造力，而在这种创造力的背后还伴随着强大的破坏力。在古代社会，这种性格的人往往被视为"双刃剑"，他们既能创造奇迹，也可能引发混乱。正如曹操被后人评价为"治世之能臣，乱世之奸雄"，宗悫也拥有类似的复杂特质。

当这种特质在孩子身上表现出来时，家长往往会感到忧虑。然而，正如宗少文所言，只有那些具有强烈创造力和破坏力的人，才能在未来取得非凡的成就。平凡和普通只会让人沦为平庸之辈。因此，当家长在孩子身上看到这种特质时，应该认识到这可能是孩子未来成就伟业的潜在标志，而不应该过分担忧。这种孩子在成长之路上可能充满挑战，但他们的成就也将是非凡的。

那么宗悫在后来又是怎样做的呢？《南史》中有这样一段文字："兄泌娶妻，始入门夜被劫，悫年十四，挺身与劫相拒，十余人皆披散，不得入室。""兄泌娶妻"，是说他的哥哥名为宗泌，娶了妻子。"始入门夜被劫"，是说他刚刚成亲，当天晚上就被打劫了。"劫"字的左边是一个"去"字，右边是一个"力"字，参照《说文解字》中的解释，"劫"字的意思是："一个人想要离去，可是被人用武力威胁住了，不让离开。"

"悫年十四，挺身与劫相拒"是说当时宗悫刚刚十四岁，却挺身而出，与劫匪相抗衡。"劫"是名词，意思是劫匪。"拒"是"抗衡"的意思，而并非指"拒绝"。"十余人皆披散"的意思是"十余人都被驱散或打散了"。"不得入室"的意思是"进不来门"。

在古代中国，家庭住宅的结构通常由厅堂和内室组成，厅堂是接待客人的公共空间，而内室则是指私人生活的卧室。在这样的背景下，宗悫的哥哥和嫂子安全地躲在内室之中，而年仅十四岁的宗悫却勇敢地走出家门，与十余名劫匪展开了搏斗。这一行为不仅展现了他过人的勇气，也印证了他文武双全的才华。

据考证，当时的社会环境相对和平，人们普遍以"文义"为职业，"文义"指的是从政、教育或写作等文化活动。宗悫的叔父宗少文是一位高尚的人士，自然也是热爱读书之人。他的子嗣和堂兄弟们也都热衷于研究古代的经典著作。

然而，宗悫却有着与众不同的性格和兴趣。他任性且热衷于武术，不愿意投身于文学研究。这种性格使他并不为乡里人所认可。尽管如此，宗悫却能说出"愿乘长风破万里浪"这样充满英雄气概的话，这句话不仅体现了他的武勇，也透露出他的文学素养。即使是那些饱读诗书的人，也未必能够表达出如此极具文采、气吞山河的豪言壮语。

宗悫最终选择了从军的道路，并在南朝刘宋政权的宋文帝统治期间，即公元445年（元嘉二十二年），参与了一次重要的战斗。宗悫请缨加入了这场军事行动，并在行动中展现了他的英勇气概。

当时的宰相刘义恭对宗悫的勇气和胆识评价甚高，因此向宋文帝推荐了他。宋文帝对宗悫的印象深刻，于是任命他为振武将军，这是对他军事才能的认可。宗悫攻克了林邑这个地方，收了很多的奇珍异宝，都叫不出名字。

然而，宗悫本人却保持了极高的操守，他没有私取任何战利品，仅保留了一些日常必需品，如被子、枕头、梳子和刷子等。除此之外，他并没有占有任何额外的财物。这种高尚的行为使得宋文帝对他赞赏有加，宗悫的事迹也因此在朝野上下广为传颂。

古代文人对国家命运的深切关注

"勃，三尺微命，一介书生。无路请缨，等终军之弱冠；有怀投笔，慕宗悫之长风。"王勃，这位才华横溢的文人，尽管只是一介书生，却怀抱着非凡的志向。他虽未能如弱冠之年的终军那样，有机会在汉武帝面前请缨出征，但在他内心深处，充满了对军旅生活的向往。他羡慕宗悫乘风破浪的豪迈精神，渴望能够投笔

从戎，追随班超、宗悫的脚步，去实现自己心中的英雄梦。

　　这段自述不仅揭示了王勃对人生的期待，也反映了中国古代许多文人墨客的共同理想。无论是辛弃疾还是陆游，他们都不仅是文学领域的巨匠，更是现实生活中文武双全之士。他们在作品中常常流露出对军旅征战的向往，以及对国家和民族命运的深切关怀。

王勃的自我调整

舍簪笏于百龄，
奉晨昏于万里。
非谢家之宝树，
接孟氏之芳邻。

王勃的自我调整

调整心态，选择别样人生

　　王勃在《滕王阁序》里自称为"三尺微命，一介书生"，这既是对自己社会地位的谦虚描述，也反映了他对个人命运的无奈。他的内心充满了投笔从戎的壮志，现实却让他感到无路请缨，无法实现心中的抱负。

　　面对这样的人生困境，王勃在文中进一步阐述了自己对心态的调整和对人生的选择。他提到"舍簪笏于百龄，奉晨昏于万里"，这里他用了一系列的象征性词汇来表达自己的决定。在这个句子中，"簪笏"象征着官员的身份和权力，是古代文官上朝时所持之物；"百龄"则象征着人的一生，指人生的百年岁月；"晨昏"指的是日常对父母的侍奉，是孝顺的一种表现；而"万里"则指的是遥远的距离，这里特指位于南方边陲的交趾郡。

通过这些象征性的词汇，王勃表达了自己的选择：他放弃了追求功名利禄的机会，选择了远离家乡，到千里之外的地方侍奉自己的父亲。

宝树和芳邻的典故

王勃通过"非谢家之宝树，接孟氏之芳邻"这句话，表达了自己对出身和人生境遇的深刻感慨。这句话可能会让人感到不易理解，因为它包含了古代文化中的特定典故和象征意义。让我们尝试更深入地解读这句话，以便理解王勃的意图。

我们可以试着这样翻译：我们家并非拥有"芝兰宝树"的谢家，我也没有孟氏这样的"芳邻"。他感慨自己的出身不行，所以只能抛弃人生的功名利禄去侍奉父亲。这里的"谢家之宝树"不能把它理解为"谢家的宝树"，这个宝树是定语后置，翻译过来的意思是拥有"芝兰宝树"的谢家，宝树一词用来比喻谢家所拥有的高贵品质和辉煌成就。

我们来看一下具体该如何理解。《世说新语》里有一段说到：谢太傅问诸子侄："子弟亦何预人事，而正欲使其佳？"诸人莫有言者，车骑答曰："譬如芝兰玉树，欲使其生于阶庭耳。"

"谢太傅"就是谢安，他问各个子侄说"子弟亦何预人事，而正欲使其佳"。"子弟"就是指各位侄子，"子弟亦何"是说你们将打算如何？"预人事"，"预"就是参与、参加，"人事"就是世事。用现代汉语表述就是："你们打算如何立足于天地之间呢？你们打算如何生活在这个世界上呢？""而正欲使其佳"中的"其"是代指"预人事"，我们可以把它理解为"如何让我们的人生变得更加有意义呢"。合在一起就是说："各位年轻人，你们打算如何活在这个世界上，让自己的人生充满意义呢？"

这个时候"诸人莫有言者"，这里的"诸人"当然包括谢玄、谢朗、谢道韫。谢家是一个非常大的家族。

"车骑答曰"，这里的"车骑"也是代指，这是谢玄死了之后国家给他追封的一个荣誉称号，叫作"车骑将军"，这里是用他的荣誉称号来代指他。谢玄回答道：

"譬如芝兰玉树，欲使其生于阶庭耳。"这句话的意思是"我想像芝兰玉树一样长在咱们家的院子里"。这是一种比喻，"芝兰玉树"是比喻一个人品德高尚，长在自己家的院子里的意思是说要为谢家光耀门楣，这就是"谢家之宝树"的出典。

"芝兰玉树"这个成语中的"芝兰"是指，古代两种具有香气的神草——芝草和兰花。在古代文化中，"芝兰"特指那些生长在幽静深林中的香草，它们即使无人问津，也能散发出迷人的香气，因此成了品德高尚之人的象征。同样，"玉树"也是一种美丽的植物，常用来比喻人的风姿绰约或品德卓越。

在《孔子家语》中提到"芝兰生于深林，不以无人而不芳"，这句话描绘了芝草和兰花即使在人迹罕至的深林中，也能够保持其天然的芳香，不因为周围没有人而失去香气。

"接孟氏之芳邻"是说自己家也不是挨着孟母三迁后选择的那些优秀的邻居家。这里暗含了孟母三迁的典故。

王勃在认识到自己的"三尺微命"之后，接着说：

"我们也不是拥有'芝兰宝树'的谢家，也不是像孟氏邻居一样的贵族人家，所以我的人生颠沛流离，命途多舛，我只能抛弃了一生的功名利禄，去远方省亲了。"

王勃的自我调整

接近尾声

他日趋庭，

叨陪鲤对；

叨陪鲤对的典故

　　王勃的《滕王阁序》洋洋洒洒，当文章逐渐接近尾声时，他以谦逊的态度宣告自己即将离开："他日趋庭，叨陪鲤对；今兹捧袂，喜托龙门。"意思就是说，在不远的将来，我将去陪伴我的爸爸，聆听他的教诲。今天能和各位高朋在一起相聚，实在是荣幸，我的心情就像鲤鱼跃过了龙门一样的喜悦。

　　"他日趋庭，叨陪鲤对"是什么意思呢？《论语》里这样写道：陈亢问于伯鱼曰："子亦有异闻乎？"对曰："未也。尝独立，鲤趋而过庭。曰：'学《诗》乎？'对曰：'未也。''不学《诗》，无以言。'鲤退而学《诗》。他日，又独立，鲤趋而过庭。曰：'学《礼》乎？'对曰：'未也。''不学《礼》，无以立。'鲤退而学《礼》。闻斯二者。"陈亢退而喜曰："问一得三，闻

《诗》，闻《礼》，又闻君子之远其子也。"

"陈亢问于伯鱼曰"。陈亢是陈国人，"亢"字读作"gāng"。"伯鱼"是孔子的儿子。孔鲤，姓孔，名鲤，字伯鱼。陈亢问伯鱼："子亦有异闻乎？"意思是"你有什么特殊的见闻吗？作为孔子的儿子，你有没有听到一些我们这些外人平时听不到的话呢？""对曰：未也。"孔鲤回答他说，没有。"尝独立，鲤趋而过庭"，他说："我有一次看到我父亲一个人在院子里站着，我'趋而过庭'。""鲤"是孔鲤的自称。"趋"这种走路的方式代表一种恭敬，它是下对上、子对父、臣对君的一种特殊的走法。"趋而过庭"的意思是，孔鲤以"趋"这样走路的方式，走过了自己家的庭院，看到孔子一个人在那里站着。

孔子问他说，即"曰：'学《诗》乎？'"是说"你学习《诗经》了吗？"孔鲤说没有。孔子告诫他："不学《诗》，无以言。"这句话意味着，如果不学习《诗经》，人将缺乏与他人交流的共同语言和文化基础。在那个时代，上流社会的人士都熟读《诗经》，它几乎是社交对话的必备元素。

过了一段时间，孔子再次遇到孔鲤，这次他问及孔鲤是否学习了《礼》，即《周礼》。《周礼》是一部关于礼仪、政治、社会制度的书，对于理解当时社会的运作和人际交往的规范至关重要。孔子强调："不学《礼》，无以立。"这句话传达了一个观点：不懂礼仪的人在社会上难以立足，因为礼仪是社会交往的基本准则。

孔鲤再次回答父亲说他尚未学习《礼》。于是，孔子教导他，如果不掌握这些礼节，他将无法在讲究规矩的社会中生存。

"鲤退而学《礼》，闻斯二者。"孔鲤听从父亲的教诲，退下后开始学习《周礼》。他说自己只听到这两则信息，别的也没什么不一样的。

"陈亢退而喜曰"。陈亢特别高兴，"问一得三"是说"我问了你一个问题，你回答了我三个问题。""闻《诗》，闻《礼》"是说"我既听到了学《诗》的道理，也听到了学《礼》的道理"。更重要的是"又闻君子之远其子也"，这句话的意思是"我又知道了君子（这里指孔子）对自己的儿子也是保持一定距离的。"在这里，我们可能会好奇，为何像孔子这样的杰出教育家，在儿子的学业上似乎并不那么了解，甚至需要询问孔鲤本人。这实际上揭示了古代的一种特殊的教育方式，被称为"易子而教"。

我们回到原文，"他日趋庭，叨陪鲤对"，"他日"就是有一天，其他的日子，在不久的将来。"趋庭"是指以"趋"这个动作来路过庭院。"叨陪"中的"叨"是恭敬的意思，这里可以看作谦词，是指恭恭敬敬地陪着自己的父亲。"鲤对"是指像孔鲤一样来回答自己父亲的问题，这里指聆听父亲的教诲。这两段合在一起，我们可以把它看成一个互文的结构，就是"他日叨陪趋庭鲤对"。

下一讲，我们将继续讲解"龙门"的典故。

古文蒙学阁

🌿 **文化链接："易子而教"的教育方式**

在《孟子》这本书里，有一个观点特别有意思，叫作"易子而教"。古代的家长们觉得，自己教自己的孩子可能会因为亲情的关系，难以做到公正严格，所以他们会互相交换孩子来教育，这样一来，教育孩子的时候就能更客观、公正了。

孟子在《离娄上》一章中，和公孙丑讨论了这个问题。公孙丑好奇地问孟子："为什么君子不亲自教育自己的孩子呢？"孟子回答说："教孩子啊，得用正确的方

法，但如果孩子不买账，老爸一生气，那父子关系就从'父子'变成'仇敌'了。孩子可能会想：'你自己都做不到，凭什么要求我？'这样一来，父子之间就会产生裂痕，父子之间的关系就会变得糟糕。所以，家长们会选择相互交换孩子来教育，避免父子之间因为过高的期望而疏远。疏远了，那可就太不幸了。"

孟子还强调了两件事情的重要性："事亲"和"守身"。他认为，最重要的是尊敬和照顾父母，而要做到这一点，首先自己得品行端正。如果一个人自己都做不到品行端正，那他也无法好好地照顾父母。孟子的这些话，不仅讲述了古代的一种教育方式，也反映了他对家庭关系和个人品德的深刻理解。

王勃在他的文章中，通过孔子和孔鲤的故事，介绍了孔子的教学方法。孔子不仅传授知识，更注重品德的培养，他的教育方式体现了他对"易子而教"这一理念的实践和推崇。孔子好像在说："学习好固然重要，但做人做得好，那才是真正的学霸！"

依依惜别

今兹捧袂，
喜托龙门。

告别的不舍与感慨

在《滕王阁序》的尾声，王勃以诗意的笔触表达了即将告别在场诸君的不舍之情。他写道："今兹捧袂，喜托龙门。"这句话蕴含了深深的敬意和喜悦之情。

"今兹"即今日，指的是王勃当时所处的时刻；"捧袂"中的"袂"是指衣袖，而"捧袂"则是古代的一种礼节，表示对他人的尊敬。在这个场合，它意味着王勃对在座的各位高朋表示最深的敬意。

"喜托龙门"这个成语蕴含着喜悦感和成就感，比喻就像鲤鱼成功登上了龙门一般欢喜。而提到"龙门"，我们很自然地会想到"鲤鱼跃龙门"的故事。这个故事的起源和演变颇为有趣，让我们一探究竟。

鲤鱼跃龙门的故事

最初,《三秦记》中记载了一个名为"河津"的地方,又被称为龙门。《三秦记》中是这样记载的:"河津一名龙门,水险不通",书中描述了这个地方的水流湍急,水势险峻,连鱼儿都难以上游,只能顺流而下。传说大禹治水时在这里进行了挖掘,形成了一道壮观的瀑布,水流因此垂直落下,这就是"水险不通"的由来。由于这个地形特点,"鱼鳖之属莫能上",意味着鱼类无法逆流而上,只能在瀑布下游徘徊。

然而,江海中的大鱼却聚集在龙门下,数量多达数千,它们渴望跨越障碍,逆流而上。相传,如果有鱼能够成功跳过瀑布,它就会化身为龙。这便是"鱼跃龙门"故事的最早出处,一个关于奋斗和蜕变的寓言。

随着时间的流逝,这个故事在历朝历代中被不断地加工和演化,最终成了我们今天所熟知的"鲤鱼跃龙门"的典故。这个典故不仅象征着努力和成功,还被用来比喻那些能够与当代名家建立师生关系并获得成功的幸运者。这种比喻最早应出自《后汉书》。

李膺，东汉末期的杰出人物，以其坚毅和正直在历史上留下了浓墨重彩的一笔。在那个宦官势力横行的时代，敢于直言进谏的官员寥寥无几，而李膺便是其中之一。他与另一位同样以直言著称的官员陈蕃并称为"陈李"，二人共同捍卫着朝廷的纲常和礼教。

出身于颍川襄城的李膺，因其不畏强权，多次得罪宫中宦官，最终被皇帝免去官职。然而，即便在他被免官之后，《后汉书》中仍记载了他对社会风气的影响："是时，朝廷日乱，纲纪颓弛，膺独持风裁，以声名自高。士有被其容接者，名为登龙门。"

"是时，朝廷日乱，纲纪颓弛"，说的是尽管社会秩序混乱，礼教崩溃，但李膺仍然坚守着自己的原则和风范，他的这种独特的行事风格和高尚的道德声誉，使他的名声愈发显赫。

他的作风可以理解为一种坚持正义、不随波逐流的品质，使他在乱世中显得高洁独立。李膺因反对宦官势力而声名鹊起，成为士人眼中的楷模。他在被迫离开官场后，选择在家中教授学问，吸引了大批学生前来求学，尽管人数众多，他仍然严格筛选，能够被他接纳的学生无疑是幸运的，这被称为"登龙门"。

因此，"鱼跃龙门"这一典故逐渐演变成了一个比喻，用来形容读书人能够与当代名师建立师生关系并取得成功。王勃在《滕王阁序》中提到"喜托龙门"，实际上是在向阎都督表示敬意，暗喻自己如同那些得以跃过龙门的鲤鱼一般，有幸与在座的诸位长者、才子共聚一堂，获得了精神上的升华和成长。

知音难遇

杨意不逢，
抚凌云而自惜；
钟期既遇，
奏流水以何惭？

凌云的典故

"杨意不逢，抚凌云而自惜；钟期既遇，奏流水以何惭？"这句话的含义是："如果我没有遇见像各位这样的知音，即便我拥有如司马相如那般的才华，也无法得到展示的机会。但现在既然遇到了诸位知音，那么在诸位面前展露才华，哪怕有些许不足之处，又有何妨呢？"在这里，"杨意不逢"中的"杨意"是指杨得意，作者为了文章的对仗和谐而使用了缩写。"抚凌云而自惜"其字面上的意思是，尽管作者有着高远的志向，却只能暗自惋惜和叹息。然而，这里的"凌云"还隐含着另一个典故，让我们来详细探究一下。

在《史记·司马相如列传》中，有一段颇具趣味的记载：蜀人杨得意为狗监，侍上。上读《子虚赋》而善之，曰："朕独不得与此人同时哉！"得意曰："臣邑人司马相如自言为此赋。"上惊，乃召问相如。相如曰："有是。然此乃诸侯之事，未足观也。请为天子游猎赋，赋成奏之。"上许，令尚书给笔札。相如以"子虚"，虚言也，为楚称；"乌有先生"者，乌有此事也，为齐难；"无是公"者，无是人也，明天子之义。故空藉此三人为辞，以推天子诸侯之苑囿。其卒章归之於节俭，因以风谏。奏之天子，天子大说。……天子既美子虚之事，相如见上好仙道，因曰："上林之事未足美也，尚有靡者。臣尝为《大人赋》，未就，请具而奏之。"相如以为列仙之传居山泽间，形容甚臞，此非帝王之仙意也，乃遂就《大人赋》。其辞曰："世有大人兮，在于中州。宅弥万里兮，曾不足以少留……"相如既奏大人之颂，天子大说，飘飘有凌云之气，似游天地之间意。

这段内容讲述了一个名叫杨得意的蜀地人，他担任的官职被称为狗监，主要职责是协助皇帝饲养御犬。这个职位听起来似乎与孙悟空在天宫中的称号"弼马温"有着异曲同工之妙，都带有一定的戏谑和自嘲。

杨得意在皇帝身边侍奉，有一天，汉武帝读到了一篇名为《子虚赋》的文章，被其文采深深打动，赞叹不已。他感叹道："朕独不得与此人同时哉！"表达了对自己未能与作者同时代的遗憾和惋惜。

这时，杨得意趁机进言："臣邑人司马相如自言为此赋。"他告诉皇帝，他的同乡司马相如自称是这篇《子虚赋》的作者。"上惊"，是指这让汉武帝感到惊讶，因为他没想到这位才华横溢的作家竟然还健在。"乃召问相如"，意思是汉武帝立刻召见了司马相如，并向他询问关于《子虚赋》的写作情况。

司马相如说"有是"。他坦白承认，那篇赋确实是他所写，但他谦虚地表示那篇文章只是一般之作，并主动提出愿意为汉武帝再撰写一篇更加精彩的《上林赋》。当司马相如履行了承诺，呈上了新作后，汉武帝对他的才华更是赞赏有加，随即封他为郎官，让他在朝廷中担任了更为重要的职务。

时光流转，岁月如梭，在司马相如的仕途中又迎来了一个难忘的时刻。他向汉武帝提出了一个请求："臣尝为《大人赋》，未就，请具而奏之。"这句话的意思是，他曾着手撰写了一篇名为《大人赋》的作品，但尚未完成，希望能得到皇帝的允许，完成这部作品并向皇帝汇报。在这里，"奏"并不指音乐上的演奏，而是向皇帝汇报、呈献的意思。

司马相如接着吟诵起了《大人赋》的篇章："世有大人兮，在于中州……"他的文才如同璀璨的星河，流淌出无尽的光华，文章将汉武帝比作天上的神仙，赋予了他超凡脱俗的形象。在这样的赞颂之下，汉武帝的心情自然是喜悦至极。

"天子大说"，这里的"说"通"悦"，表示皇帝对《大人赋》的内容感到极为高兴。这篇赋描绘了神仙般的景象，汉武帝仿佛置身于天地之间，内心充满了凌云壮志。这便是"凌云"一词的来源之一，意味着超越世俗、志向高远。

高川流水觅知音

回到王勃的那句"杨意不逢，抚凌云而自惜"，它传达了这样一种信息：作者即使拥有如司马相如那般高远的才华，若没有遇到像杨得意这样的知音，也无法得到展现的机会。但如今，既然已经遇到了各位知音，就

元 _ 王振鹏 _ 伯牙鼓琴图

像钟子期遇到了知音一般，"我"又何必吝啬自己的才华呢？这里的"钟期"指的是钟子期，而"奏流水"则是指钟子期在遇到知音时，那种无须言语表达即可相通的心声。这里面还是有典故的。《列子·汤问》里写道：伯牙善鼓琴，钟子期善听。伯牙鼓琴，志在高山。钟子期曰："善哉，峨峨兮若泰山！"志在流水，钟子期曰："善哉，洋洋兮若江河！"伯牙所念，钟子期必得之。

"伯牙善鼓琴，钟子期善听"，是说有一个人叫伯牙，他特别擅长"鼓琴"，这里的"鼓"是演奏的意思。"鼓"在文言文里，它的本意是击打，让乐器发出声音。

"鼓琴""鼓瑟""鼓掌"中的"鼓"字都是这种含义。钟子期特别擅长听音，能在琴声里听出不一样的东西。那么，他能听出什么呢？"伯牙鼓琴，志在高山。"伯牙弹奏一曲，心中想象着攀登高山的壮丽景象。钟子期闭目倾听，随后赞叹道："善哉，峨峨兮若泰山！"他不仅听到了音乐的美妙，还感受到了伯牙心中的高山之志。伯牙惊讶于钟子期的洞察力，便换了一种曲调，这次他想象着潺潺流水的景象。钟子期再次凭借他的聆听天赋，感受到了伯牙心中的江河之情，称赞道："善哉，洋洋兮若江河！""伯牙所念，钟子期必得之。"不管伯牙心里想的是什么，只要他弹出来，钟子期都能明白。这种无须言语表达，只需通过音乐就能彼此理解的深厚情谊，被后人称为"高山流水觅知音"。这则典故不仅流传于乐章，也渗透到了文人墨客的笔端，成为寻找知音的象征。

而在《史记》中，司马迁在《报任安书》里提到了这段友谊的终章。当钟子期离世后，伯牙悲痛欲绝，他认为自己再也无法找到如钟子期般的知音，于是决定终身不再弹琴。这种对知音的珍视，也被司马迁所感慨，他写道："士为知己者用，女为悦己者容。"这句话表达了一个深刻的真理：每个人都渴望被理解，被欣赏，找到志同道合的知音。

因此，在王勃的《滕王阁序》中，他借用了这些典故，表达了自己对于知音的渴望。他意识到，如果没有遇到像钟子期那样的知音，他的才华和情感将无法得到充分的展现和理解。而现在，既然他已经遇到了各位知音，他愿意毫无保留地展示自己的才华，就像伯牙曾经尽情地弹奏，不再有所顾忌。

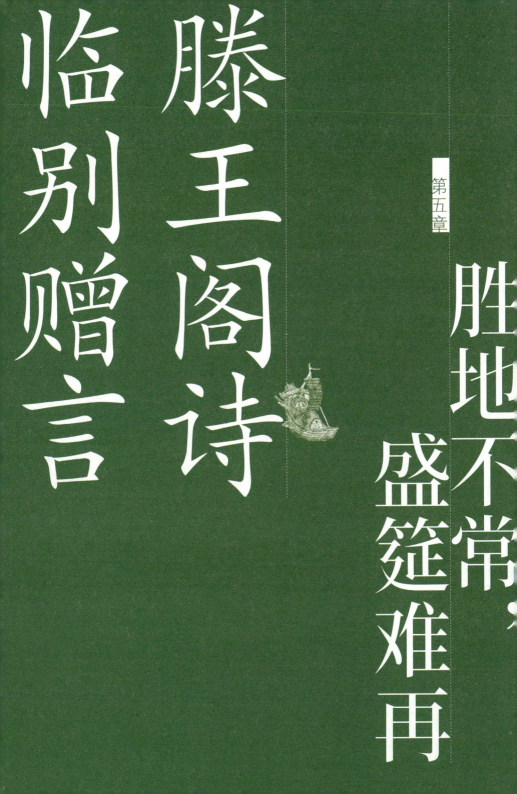

临别赠言

滕王阁诗

第五章

胜地不常，盛筵难再

如何优雅地告别

呜呼！胜地不常，

盛筵难再；

兰亭已矣，梓泽丘墟。

临别赠言，

幸承恩于伟饯；

登高作赋，

是所望于群公。

《滕王阁序》的尾声

在温馨而又热闹的年夜饭后，当酒足饭饱、心情愉悦之际，我们总会遇到一个的难题：如何优雅地与长辈们告别呢？这时，不妨借鉴一下古代文人的智慧。让我们穿越时空，来到《滕王阁序》中的那个时代，聆听王勃的心声。

王勃在《滕王阁序》中留下了这样的句子："呜呼！胜地不常，盛筵难再；兰亭已矣，梓泽丘墟。"他在这里表达了一种美好时光难以再现的哀愁。想象一下，那些美丽的花朵，它们并不总是盛开；那些美好的景色，它们并不总是存在。难得的胜地，难以再次遇见的盛筵，就像昙花一现，转瞬即逝。

在这里，"胜地"和"盛筵"是两个相得益彰的概念。胜地，指的是风景如画、令人心旷神怡的地方；而盛筵，则是那些难忘的聚会，充满了欢声笑语。这两者的结合，就像一场梦幻般的邂逅，难以再次寻觅。

那么，这种胜地和盛筵的结合究竟有多难得呢？历史上著名的兰亭雅集，如今是否已经消逝？就像当年的梓泽，曾经如此辉煌，现在却已变成了遗迹，成为历史的尘埃。所以，"兰亭已矣，梓泽丘墟"，这不仅是一句对往昔的追忆，更是对"胜地不常，盛筵难再"这一主题的深刻阐释。

"兰亭"是哪里呢？"永和九年，岁在癸丑，暮春之初"（出自东晋王羲之所著《兰亭集序》），王羲之和一帮好朋友在会稽山阴之兰亭有一场聚会。在那里，王羲之挥毫泼墨，留下了"千古第一行书"——《兰亭集序》。

想象一下，春意盎然，花香四溢，文人们或品茗谈笑，或吟诗作对，气氛何其欢愉。王羲之在那样的氛围中，笔下生辉，一气呵成，创作了这幅传世佳作。然而，当他回到家中，想复制那份神来之笔时，却发现自己再也找不回那一刻的感觉。这说明，一件伟大的艺术作品，是与当时的环境、情绪密不可分的。特定的时刻，特定的地点，以及在那些特定的人群中，才能孕育出不朽的艺术。

而《滕王阁序》也是如此。王勃如果不是在那样的一个盛会上，他也许会说，自己恐怕再也无法写出这样的文章了。这种灵感的迸发，这种情感的流露，正是在特定的时空背景下才得以发生，如此才显得尤为珍贵。

至于"梓泽"，它曾是晋代石崇的私人别墅——金谷园的另一个名字。《晋书》卷三十三《石苞传》附《石崇传》里记载，"崇有别馆，在河阳之金谷，一名梓泽"，那里曾经是文人墨客饮酒作诗的胜地。石崇的奢华与风雅，使得"梓泽"成了一个文化的象征。然而，时光荏苒，如今的"梓泽"已是废墟一片，昔日的辉煌不再，只剩下历史的记忆和我们的怀念。

所以，王勃发出这样的感慨："我们今天在滕王阁的聚会，就像历史上的'兰亭''梓泽'的盛筵一般，是多么难得与珍贵！在这里，我们不仅是在品味美酒佳肴，更是在享受文化的盛宴。让我们珍惜这一刻，因为这样的时刻，这样的盛会，确实是'胜地不常，盛筵难再'"。

王勃在《滕王阁序》中继续写道："临别赠言，幸承恩于伟饯；登高作赋，是所望于群公。"这两句话需要我们串联起来，才能理解其深意。

"临别赠言"，这是王勃在告别的时刻，向在座的各位长辈表达的感激之情。他认为自己是幸运的，因为能够在这样一场盛大的宴会上留下笔墨。这份幸运，源自阎都督的恩情，以及在场各位长辈对他的期待与鼓励。他之所以有机会挥洒文采，是因为得到了大家的厚爱与支持。

而"登高作赋"，这不仅是一种文学创作的行为，更是对在场宾客的一种颂扬。据《汉书·艺文志》记载，"登高能赋，可以为大夫"。这意味着，能够登高作赋的人，具备了大夫的才德。另外，《韩诗外传》中记载了孔子的一句话："君子登高必赋。"这表明，登高作赋也是君子的行为。因此，王勃在这里提到"登高作赋"，实际上是在向在座的阎都督和各位长辈致敬，称赞他们都是具有大夫之才、君子之风的人物。

如果将这两句话合在一起理解，我们就能感受到王勃的谦逊与感激，以及他对这次盛会的珍视，对在场宾客的尊敬。通过文字，王勃不仅实现了对这次宴会的纪念，更将自己对宾客的敬意融入了文字。

《滕王阁序》体现厚德载物的价值观

随着对《滕王阁序》的深入学习，我们会发现王勃的文字中流露出一种独特的韵味，那就是对仗的美感。他的文字，就像一幅精心构图的画，左右对称，和谐而优雅。这种对仗的艺术，不仅体现在诗词歌赋之中，它更是贯穿了中国古代的各种艺术形式——无论是书法、绘画、音乐，还是建筑，都追求这种对称和谐的美学。

这种对称和谐的美感，为中国文化带来了一种特有的庄重与威严。从宏伟壮观的故宫天坛，到精致小巧的钱币印章，无不体现着这种美学追求。这种庄重与威严，是中国人自古以来所推崇的，被视为君子应该追求的品质。正如古人所言："天行健，君子以自强不息。地势坤，君子以厚德载物。"（出自《周易》）在这里，"厚德"被视为君子的第一品质，而"聪明"则是第二。这种价值观，反映了中国人对于厚重、稳重品质的重视，也体现在我们对于对称和谐美感的追求上。

如何优雅地告别

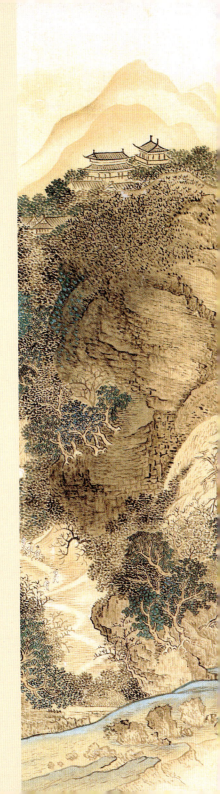

对文学盛宴的赞誉

敢竭鄙怀，

恭疏短引；

一言均赋，

四韵俱成。

请洒潘江，

各倾陆海云尔。

以谦逊的笔触作结

在《滕王阁序》的尾声中，王勃以谦逊的笔触作结："敢竭鄙怀，恭疏短引；一言均赋，四韵俱成。请洒潘江，各倾陆海云尔。"关于这里的"敢竭鄙怀"，有的版本为"敢竭鄙诚"，两者意义相近，都是王勃的自谦之词。他在说，自己斗胆尽了这一点微薄的诚意，一点浅薄的心意。这里的"鄙"，是一种自谦的说法，表达了自己的卑微和不足。

"恭疏短引"，则意为他恭敬地陈述了自己的浅见，写下了这篇《滕王阁序》。在这里，"恭"意味着恭敬，"疏"是陈述，"短引"则指的是这篇序文只是一个简短的引言。而"短"，并不是指篇幅的短小，而是与"鄙"相呼应，同样是一种谦虚的表达。

"一言均赋，四韵俱成"，这是对当时文人雅集的写照。意思是每个人都分到了一个字，然后大家分别创作诗歌，最终每个人的四韵八句诗都得以完成。"请洒潘江，各倾陆海云尔"，这是王勃以一种诗意的方式，邀请大家各自抒发情怀，分享各自的才华与智慧，就像江河流向大海一样，让才情自由流淌。

在那个流行文坛盛会的年代，普遍的规则是这样的：每位参与者领取一个字，然后以这个字为韵脚，挥毫泼墨，各显神通。这就是"一言均赋"的意思，即每个人都会得到一个字，以它入韵，展开自己的诗篇。

"四韵"则是指那种由四韵八句构成的诗歌，这是当时文人雅集的一种典型的创作形式。"四韵俱成"说的是每个人都已经准备好了自己的作品，现在，是时候展示各自的才华了。

"请洒潘江，各倾陆海云尔"，这句话是对在场各位诗人的邀请，让他们各自展现出如江河大海般深邃的诗才。这里的"潘江"与"陆海"取自钟嵘的《诗品》中的说法："陆才如海，潘才如江。"其中，"陆才"指的是陆机的才华，"潘才"则是指潘岳的才华。这两个人的诗歌才华被比作江海，宽广而深邃。

所以，当王勃在这里提到"请洒潘江，各倾陆海云尔"时，他是在赞美在座的每一位诗人，他们都有自己的"江海"，即深不可测的诗歌才华。这不仅是对王勃个人的赞赏，更是对整个文人雅集的赞誉：每个人都在这个文学的盛宴上展示了自己的才情与智慧。

《滕王阁诗》中的重要典故

滕王高阁临江渚，佩玉鸣鸾罢歌舞。

画栋朝飞南浦云，珠帘暮卷西山雨。

闲云潭影日悠悠，物换星移几度秋。

阁中帝子今何在？槛外长江空自流。

最后一段是王勃写下的《滕王阁诗》，这首诗不难理解，我们主要探讨一下几个重要的典故。

让我们先来解读"鸣鸾"的含义。在张衡的《东京赋》中，有这样一句："鸣女床之鸾鸟，舞丹穴之凤凰。"这里的"鸾"与"凤凰"都是古代传说中的神鸟，

明 _ 文徵明 _ 滕王阁序（局部）

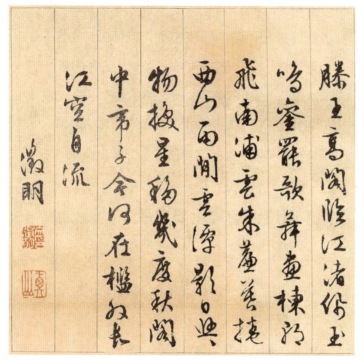

常常被并提，象征着吉祥和喜庆。所以，当王勃提到"鸣鸾"，他可能是在形容当时的宴会场面宏大而喜庆，以至于连那些歌声悠扬、声音如同佩玉般清脆的歌女们，也被这盛大的场面所感染，停下了她们的歌舞。

再来说说"画栋朝飞南浦云"。这里的"南浦"，指的是江西南昌的一个地方，在文学作品中，它往往带有离别的情感色彩。比如屈原在《九歌》中写道："子交手兮东行，送美人兮南浦"，这里的"南浦"就是用来表达别离之情的。因此，当王勃提到"南浦"，他可能是在借用这个典故，表达了一种离别的情感，也许是对美好时光的留恋，也许是对即将离去的友人的不舍。

"浦"字，其实就是指水边的意思。而在那句"物换星移几度秋"中，又藏着怎样的秘密呢？这里的"星移"，可不是说星星在夜空中移动那么简单。在古代中国，有一种流行的纪年法，叫作"岁星纪年法"。这里的"岁星"，就是我们熟悉的木星。据说木星在天上每十二年就会转一圈，每年移动一小格。所以，当人们说"星移"了，就意味着时间已经悄然流逝。因此，"物换星移"就是在告诉我们，外面的世界已经发生了变化，岁月也在不知不觉中溜走，已经是好几个秋天过去了。

至于"阁中帝子今何在"中的"帝子"，指的是李元婴，也就是那位最开始修建滕王阁的人。而"槛外长江空自流"中的"槛"，是指阁楼的栏杆。作者站在栏杆边，目光所及之处，长江在那里静静地流淌。

在此还有一个典故，据说当时王勃写完了这诗之后

就离开了滕王阁，踏上了旅途。但是最后一句写成了
"槛外长江□自流"，少了一个字，这让在座的各位都很
困惑。最后阎都督还是派人追上了王勃，说："王勃才
子，您空着这地方到底是什么意思呢？"王勃回答说：
"这还不明白吗？这就叫'槛外长江空自流'呀！"

回顾《滕王阁序》创作始末

随着《滕王阁序》的最后一个字落下，我们与王勃的旅程也即将画上句点。在告别这位文学巨匠之际，我们来回顾一下它的创作始末。《滕王阁序》的全名是《秋日登洪府滕王阁饯别序》，这个名字本身就蕴含了文章的结构和精髓。

首先，从"豫章故郡，洪都新府"到"童子何知，躬逢胜饯"，王勃巧妙地点出了"洪州"二字，他通过对洪州的历史文化、地理位置、人才辈出的文化底蕴以及当日宴会的主宾尊贵情况，为我们描绘了一个立体的洪州形象。

其次，从"时维九月，序属三秋"到"桂殿兰宫，即冈峦之体势"，王勃引入了"秋日"的元素，描述了他在秋日里抵达滕王阁，并赞叹其周边的自然风光。

再次，"披绣闼，俯雕甍"到"雁阵惊寒，声断衡阳之浦"，王勃带我们体验了"登阁"的感觉。他登上阁楼，推开窗户，远眺四方，感叹那里的风景无与伦比。

最后，从"遥襟甫畅，逸兴遄飞"到"奉宣室以何年"，王勃突出了"饯别"的主题。他先描绘了宴会的盛况，然后转折到离别的意味，暗示着人生新的旅程即将开始。在这里，王勃也表达了对人生命运无常的深刻感慨。

随着《滕王阁序》的篇章渐入尾声，我们的探索之旅也即将告一段落。在这一刻，我还有几句话想与您分享。

从"嗟乎！时运不齐，命途多舛"到"奏流水以何惭"，王勃将笔触转向了对人生命运的反思。他在这里表达了对时运不齐、命运多舛的感慨，同时也展现了他对音乐与自然之美的领悟。

再往下，"呜呼！胜地不常，盛筵难再"，王勃感叹美好时光的短暂，盛世繁华的难以持久。直到"请洒潘江，各倾陆海云尔"，他巧妙地将自己的情感与这次饯别宴会联系起来，表达了对文学巨匠的敬仰和对这段难忘经历的珍视。

通过这段行文，我们不仅见证了王勃对《秋日登洪府滕王阁饯别序》这一主题的完美诠释，还感受到了他从描绘地理景观到抒发情感，再到感慨人生命运的写作层次的递进。这正是《滕王阁序》被誉为"千古第一骈文"的原因所在。

如今，当我们翻开历史的篇章，回味王勃的《滕王阁序》时，我们不仅能感受到那个时代的风采，还能在其中找到王勃对人生、历史和自然的深刻思考。这一切都使得《滕王阁序》成为中国文学宝库中的璀璨明珠。

虽然我们对这一千古名篇的鉴赏在此告一段落，但王勃的文学精神和他对美好生活的追求将永远激励着我们。希望在未来的日子里，我们都能像王勃一样，勇敢面对人生的挑战，不断追求更高的文学境界。再见了，王勃，再见了，那一段美好的时光。

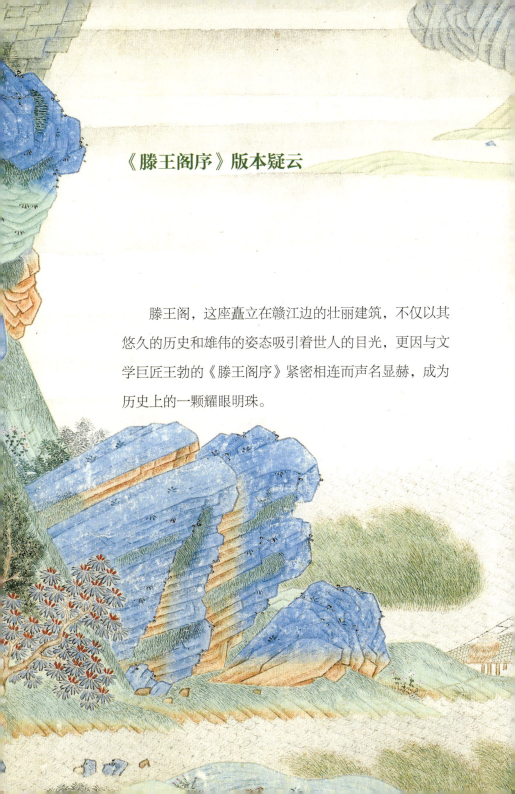

《滕王阁序》版本疑云

滕王阁，这座矗立在赣江边的壮丽建筑，不仅以其悠久的历史和雄伟的姿态吸引着世人的目光，更因与文学巨匠王勃的《滕王阁序》紧密相连而声名显赫，成为历史上的一颗耀眼明珠。

对于许多学子来说，他们与《滕王阁序》的初次邂逅发生在高中的语文课堂上。这篇辞藻华美、意境深远的文章，无疑是许多满怀壮志的少年心中的一大挑战。他们或许曾苦思冥想，反复背诵，直到能够流利地吟诵出每一个字。但当他们终于有机会站在滕王阁上，仰望王勃的雕像时，可能会在其背后发现一块刻有"南昌故郡"字样的铜板，这与他们记忆中课本中的"豫章故郡"似乎有所不同。是我们的记忆出现了偏差，还是雕刻者在传承中有所失误？

究其原因，实际上《滕王阁序》在历史上存在不同的版本。在历史的长河中，"南昌故郡"与"豫章故郡"的表述确实有几种不同的版本。这些版本大致可以分为三种类型：一是"南昌故郡"版，二是"豫章故郡"版，三是两者共存的版本。这种差异不仅反映了文献传承过程中的多样性，也体现了历史记载的复杂性。因此，无论是记忆中的"豫章故郡"，还是现实中的"南昌故郡"，都是滕王阁历史传承中的一部分，都值得我们去珍视和探究。

1. "南昌故郡"版本

据专家考证，现存最早的记载《滕王阁序》内容的史料，是唐五代王定保（870—954 年，南昌人）所作的《唐摭言》。

据王定保在《唐摭言》中记载，王勃在十四岁那年便创作了这篇名垂青史的序文。当时，都督阎公对王勃并不抱有太大期望，他更倾向于让女婿来撰写这篇文章，甚至已经事先为其构思好了内容。然而，在一次宴会上，当阎公拿着纸笔在宾客间推让时，王勃毫不犹豫地接受了挑战，这让阎公感到非常不悦，愤然起身，并暗中派人监视王勃的一举一动。

当第一次传来王勃所写的内容"南昌故郡，洪都新府"时，阎公不以为然，认为这只是老生常谈。但随着王勃笔下的"星分翼轸，地接衡庐"传入阎公耳中，他开始沉默不语，似乎被王勃的才华所打动。而当那句著名的"落霞与孤鹜齐飞，秋水共长天一色"呈现在阎公面前时，他不禁为之震撼，立刻站起身来，赞叹王勃的天赋异禀，认为这篇序文必将流传不朽。

最终，阎公被王勃的才华所折服，急忙邀请这位年轻的才子参加宴会，并尽情欢乐，以此庆祝王勃的文学成就。这段记载不仅展示了少年王勃的才华与胆识，也描述了《滕王阁序》背后的历史轶事，为这篇文学作品增添了更多的传奇色彩。

这则关于王勃创作《滕王阁序》的史料，自唐五代王定保的《唐摭言》首次记载以来，便广为流传，成为后世文献广泛引用的宝贵资料。宋、元、明各代的《滕王阁序》刻本和抄本（如明代张燮汇编的《王子安集》、清代星渚项家达刊行的同名作品集）都采用了"南昌故郡"这一表述。

不仅如此，南昌地区最早的方志之一《南昌府志》（明万历年间，范涞、章潢编纂）中所收录的《滕王阁序》刻本，以及《古文观止》（清代，吴楚材、吴调侯编纂）中的《滕王阁序》刻本，也都使用了"南昌故郡"这一说法。此外，北宋时期苏轼的手抄本、明代文徵明的抄本等历史文献，同样采用了这一表述。

2. "豫章故郡"版本

"豫章故郡"这一版本，其历史渊源深远，最早见于日本奈良正仓院所珍藏的唐代写本。正仓院曾是奈良东大寺内的宝库，如今已转变为一个收藏了超过九千件文物的重要文化机构。这份珍贵的写本收录了王勃的诗序作品共四十一篇，经过清末学者罗振玉等专家的研究，认为这份写本成书于日本庆云四年，即唐中宗景龙元年（公元 707 年），是目前所知年代最久远的王勃著作写本，极有可能是唐代的抄本。在这份写本中，《滕王阁序》的开篇便是"豫章故郡"，这一发现对于深入研究王勃的文学成就及其历史背景具有极高的学术价值。

近代学者高步瀛在其选注的《唐宋文举要》中明显倾向于"豫章故郡"的说法，这对后世产生了深远的影响。现代出版物中，如《中华活页文选》中的《滕王阁序》（汤季川注，上海辞书出版社，1962 年）更是明确地排斥了"南昌故郡"的说法，认为"有的本子'豫章'作'南昌'，误。"此后，许多出版物采纳了这一观点，如陈丽萍主编的《大学语文》(浙江大学出版社，2015年)，这一说法的广泛传播对学术界和教育界产生了重要影响。这些文献和研究，共同构成了我们今天对《滕王阁序》不同版本的认识和理解。

3. "南昌故郡""豫章故郡"并存

宋代的《文苑英华》是一部极具影响力的古代诗文总集，它不仅继承了《文选》的编纂传统，更是我国现存最早的诗文集之一。这部总集由宋太宗亲自下令，由当时的文坛巨匠李昉、徐铉等人精心编纂，主要收录了唐代的诗文佳作。到了南宋孝宗时期，经过周必大、胡柯、彭叔夏等学者的校订，这部珍贵的文献得以流传至今。

在《文苑英华》中，首次出现了"南昌故郡"与"豫章故郡"并存的版本，这一发现对于研究《滕王阁序》的文本变迁具有重要意义。据《旧唐书·经籍志》与《新唐书·艺文志》记载，王勃的《滕王阁序》原收录于杨炯作序的《王子安集》中。虽然唐代的《王子安集》已不复存在，但幸运的是，《滕王阁序》得以保存在《文苑英华》中，其原文表述为："豫章（一作南昌）故郡"。

　　尽管《文苑英华》收录了两种版本，但编者似乎更倾向于采用"豫章故郡"作为正文。历代学者对《文苑英华》中的《滕王阁序》版本给予了高度评价，认为两种表述都有其合理性。清代的蒋清翊在《王子安集注》中、王力在《古代汉语·文选·滕王阁序》中、郭锡良在《古代汉语·文选·滕王阁序》中，都对"豫章故郡"与"南昌故郡"并存的说法表示认可。这种极具包容性的学术态度，不仅体现了学者对历史文献多样性的尊重，也展现了其对文献传承复杂性的深刻理解。

后记

在看清生活的真相后，依然热爱

随着书页的最后一角轻轻落下，我们对《滕王阁序》的逐句精讲以及王勃生平的探讨也画上了圆满的句号。在这段知识的旅程中，我们不仅领略了王勃叹为观止的文学才华，而且透过他的生活经历，感受到了一个时代的精神风貌和文人的情怀。现在，让我们在这趟旅程的终点，回望并总结我们所收获的宝贵经验和感悟。

首先，王勃的《滕王阁序》不仅是一篇文学作品，更是一座历史的丰碑，记录了唐代文人的抱负与理想。王勃以其独特的文学天赋，将对滕王阁的赞美、对自然美景的描绘、对生活哲理的思考以及对人生命运的感慨，巧妙地编织在这篇序文之中。他的笔触既有着壮阔的气势，又不失细腻的情感，展现了一个文人对于理想与现实的深刻思考。在对这篇序文的精讲过程中，我们

不仅赏析了字句，更通过解读王勃的生平，理解了他在作品中所表达的情感与思想。

王勃的一生，虽然短暂，却充满了传奇色彩。他才华横溢，在文学史上留下了浓墨重彩的一笔。然而，他的一生也充满了坎坷与不幸，这些经历无疑影响着他的创作，他的作品既有着对美好生活的向往，也有着对命运无常的感慨。王勃的故事告诉我们，即使在逆境中，人的精神和才华也能够绽放出耀眼的光芒。

在探讨文言文的常识与现象时，我们得以窥见古代文人的智慧与匠心。文言文，作为中国古代的主要书面语言，承载了丰富的历史文化信息。它的凝练与对称，韵律与节奏，都体现了汉语言的独特美感。通过对文言文的学习，我们不仅能更好地理解古代文学作品，也能从中汲取智慧，启迪思考。文言文的世界是深邃而广阔的，它不仅记录了古代中国的历史变迁，也反映了社会生活的方方面面。

在这本书的撰写过程中，我们试图将《滕王阁序》的文学价值、王勃的生平故事以及文言文的魅力，有机地结合在一起，为读者呈现一个立体、生动的文学图景。我们希望通过这本书，能够激发读者对中国古代文学的兴趣，引导大家更深入地探索博大精深的中华文化。

结语之际，我们不禁再次感叹，文学是人类情感与智慧的结晶，它跨越时空，沟通心灵。王勃的《滕王阁序》及其生平故事，不仅是我们了解唐代文化的一个重要窗口，也是我们理解人生、感悟世界的一把钥匙。愿这本书能作为连接古今、传递智慧的桥梁，让读者在阅读中获得启迪，在思考中得到成长。

在未来的日子里，愿我们都能像王勃一样，怀揣着对美好生活的向往，勇敢面对生活中的挑战与困难，不断追求自我超越。同时，也希望我们能够珍惜并传承中华文化的精髓，让这些宝贵的文化遗产在新时代焕发出新的光彩。让我们携手前行，在文学的道路上不断探索，共同创造更加美好的未来。这本书的结束，不是我们探索的终点，而是新发现的起点，愿每一位读者都能在中华文化的海洋中，找到属于自己的珍珠。